全椒古籍叢書

金和集

3

（清）金和 撰

政協全椒縣委員會 編
國家圖書館出版社

第三册目録

秋蟪吟館詩鈔七卷（卷五—七）

（清）金和 撰

民國五年（1916）刻本

秋蟪吟館詩鈔卷五

上元金和亞匏

壹弦集

余以丙辰十月應大興史懷甫保悠觀察之聘佐釐捐局於常州明年丁巳移江北其七月又移東壩遂至已未九月事在簿書錢穀之間日與駔儈吏胥爲伍風雅道隔身爲俗人蟲鳥之吟或難自已則亦獨弦之哀歌也今寫自丙辰十月至已未冬赴杭州時所作詩凡二百有餘首曰壹弦

集

停雲

停雲江水最東邊瓦礫爲衣棘作氈烏已改聲仍注彈駝原瘴背敢羞鞭但期白飯兼三口秖乞丹砂駐百年生意只今顚頓盡受人排遣得人憐

寄家信 時寄家奔牛鎮

尺書頻寄有吳航居不成家況異鄉人爲餘生常事錯天教歧路值年荒神錢豈有歸飛處仙藥從無止淚方 婦書來索藥裹備目疾 百結愁腸來日遠

酒邊枕上怕思量

江干步月

江天夜靜月華清秋盡銀河瘦不成何處微雲來點綴頓教人似夢中行

即事

天意驕時賊軍興七載餘積衰民亦虎多歛澤無魚事豈回瀾易人誰釀病初只今常痛哭休上賈生書

得家信寄丹陽東季符允泰十韻

雞鳴雨初霽有信到江干和夢披衣起擁衾忘

曉寒數行章急就細意幾回看道織流黃婢今猶困藥丸一家陳纊薄米貴欲停餐曾約將錢去遥憐筆尚乾少君雖健婦不解寄詩盤瑣屑頻傳語平生此友難況聞當打槳同畜淚芄蘭亦爲紅閨病見時都寡歡時季符亦將歸視婦病

曉起

江鴉如沸過禪房時已傳餐澣沐忙宿雨放晴寒亦好新詩入夢醒都忘覓來葱韭常無價落後楓枏尚有香煑酒攤書隨意坐睡魔重到竈觚旁

枕上

江蘋隨分滯飢鴻，始信輕塵弱草同。寒極不羞錢癖重，愁眞盡放綺懷空。酒杯縮手秋花下，詩筆傷心暮雨中。賸有迷離禪榻夢，一燈睡味雜苓通。

夜泊口岸 泰興道中

艣聲澀處夜寒增，關吏樓頭獨有燈。秋葉盡零難辨樹，暮潮未落已成冰。月華何物魚都愛，風信明朝雁可憑。客況愈孤吟自健，且沽村酒放眉棱。

常熟泊舟後得大順風夜發歸江陰（時移家江陰）

入暮烏唬引客程長年飽放布帆行樹難應接知風利潮況奔馳帶月生來日到家應可信窮途如願太無名天公定與鄰舟福不受虛空慰藉情

喜合山慶子元（光亨）來江陰見訪即以言別四詩

別後江南亂無家今四年昔之憂世語事竟在生前若論氣如虎都應魂化鵑兩人猶未死此

見豈非天
何況書生志相期大將才但憑怒髮上亦可作
風雷頻歲向天哭何人如汝哀横胸兵甲在從
不壯心灰
我已銷聲久甘埋萬古悲天涯餘幾輩能讀近
年詩君至催沽酒酣歌似舊時舊時更狂態江
上月曾知
可惜飢驅急明朝我又行茫茫江海路無此劇
談聲有地籌軍國知君忘死生歲寒珍重意休
以一身輕

小除日阻舟如皋之曲塘易車以行至泰州

風定氷全合扁舟滯海涯一年爭此日百里走單車歲儉無喧市居人自物華誰知急行客仍不是還家

戲題卷簾美人有調

花笑光陰絮舞時眼前重見此蛾眉近來恐有人瞋問金屋深深是阿誰

丁巳花朝有作

斷雲如墨雨如絲寒到花朝薄暮時江上更無

春色在但青青處是楊枝

山寺題壁

山寺無塵春有餘我從香國駐征車此生可注
閒人福去擁名花補著書

花影

纔向樓山臨畫稿又從池鏡亞空枝月明花影
無安頓何處人生不別離

陪某公夜讌坐中客有以數十律屬和者
固辭不敏賦此見意

上頭賓客盡如虹授簡何堪命阿蒙毫氣敢稱

蠻語孰虛名休數馬羣空未經仕宦才都退豈有窮愁句尚工水上百花花下月最無顏色對春風

舟中送春

客路易中酒天涯況送春從來落花日不雨也愁人

落花

萬點殘紅謝故枝漫天帀地受風吹餘生菌溷都無恨恨是飄零未定時

原誤

人生百年中能容幾回誤誤者謂不知知之胡弗顧蓼蟲難辭辛貧賤無平步豈眞性使然亦非盡守素事必有由致君未察其故

偶得舊陶集讀之漫書

我欲方陶令書生更可憐看花誰有酒種秫況無田難諱閒情賦長歌乞食篇窮愁兩無賴或附古人傳

志感

長者難逃豎子疑洞明心事暗投時逢人躍冶金雖直信佛談經石尚凝水竟無魚終怨府市

方有虎畫寃詞不須錯字從頭鑄前路揶揄鬼自知

舟中不寐

醉淺無酣夢吳船此夜長孤蟲初學語殘燭欲辭光雨意天遲曙潮聲海始涼銷魂不在別秋已斷人腸

蠅責

曰蠅女來前人畏女善讒我道女穢形發聲亦頗凡一字無分明向人惟詀詀清夢頻相干於意了不校凡聞女聲者孰不驅逐嚴敢惜撲滅

勞累及娉手摻譬避毒蠭螫失色急脫衫何至
信女蠱許女談席儳女主日下鳳高樹招賢緣
詎無好羽毛隗始搜自巖或苦語太直左右增
史監逆耳屢不怡野性疑麐麕女以此時進禪
悅師妖衛罔學小魚鯁但附雙燕諦女主喜女
馴吐飯握髮髟降心受謏詞古樂欽韶咸置女
獨坐榻青金雕紅蝛女居神欲癡眠起需扶攙
啖女天廚珍萬錢醫女饞女食飽欲死那復名
酸鹹漸覺味飲醇與女通至誠漸覺漆投膠與
女商民喦女遂翹凍足陰附驥尾颿尚恐賢星

多一綱同埽欃有如歲寒松豈是垂癭杉自女
呻吟之松乃遭鋤芟有如連城璧豈是含瑕瑊
自女揶揄之璧乃經削劙能使無價寶著糞涴
有黬能使記事珠圓光破難嵌青天白日中平
地成巇巉女謂工蜮射藏身恃重巖可知怪哉
蠱百菌胥女銜莫笑扳劍拙誰乏錐與鑱一朝
制女命女魂非兔毚女歹猶乳胆鴉鵲不女鴟
只合投溷中而以丸泥椷女今戴二天方順風
揚帆雷霆縱在旁女口亦弗緘我將寄藥石咄
咄常空函我似寒蟬瘖自有叢桂嵒

始得家信知祇女病瘧

書言嬌女病病是早秋時秋半書方到天涯愁已遲遥知費調護阿母幾顰眉辛苦飢寒外還酬藥裹資

十七夜見月有懷

小飲夜已深翦燭忽見月開門試起舞新寒中毛髮昂頭呼青天我是鐵鍊骨閉置雖如囚狂氣未銷歇豈有惡風露獨降愁城罰此時萬戶眠寂寞玉一窩茫茫千里中誰更清興發或者翠袖人臨江氷羅韈方恨月出遲圓光略凹凸

我有禿筆鋒願補鏡中闕得修嫦娥眉書空胡咄咄

飲酒

飲酒亦何趣宵深必舉杯終朝況愁絶此際獨顏開爲遣吟懷出還牽睡味來醉餘尤耐冷豈不是奇才

連日大風雨聞農家者言憫之

日者蝗之來如雨勢難遏青青田中禾敢望虎口脱䝸雨何處生天似蝗命奪方欲酬香花百拜喜著禨詎期施淫霖雲黑寸𨷆谿連朝更狂

驟垂水海樣闊老農往循隴氣盡泣而喝若再三日陰稻爛不煩割前年秋有兵地供賊芻秣去秋兵旱蝗幾滅土一撮今年耕差安秋成慰飢渴蝗乃陰伺之呵逐口流沫雨又乘其虛虐且過旱魃含寃欲問天理直聲咄咄天乎此何意欲殺民則殺吾米蝗所留牙慧等毫末縱得全家飽能多幾時活

不寐望月

睡更披衣起詩狂與酒顛樓高風有力水遠月如煙夢在蟲喧外愁生葉落邊人將秋共老寒

趣又今年

寒夜

寒夜倚高樓天陰作暮秋戍燈含殺氣村梵挾淫謳鴻去知風力星移覺水流客懷應怯睡此際尚忘愁

米

洛京屑越豈相宜莫笑貧家數後炊史筆尚難輕市直賊符何怪久詅癡倉稊身已同泡影囊粟心原謝飽飢一飯可知恩太重年來爲汝不男兒

鹽

糝白霏紅水亦腴淡交滋味竟糊塗儘添銅臭千家可能作梅酸一事無困驥居然傲英物引羊畢竟媚淫奴愁余舊學荒蕪甚賦海遺忘詠雪麤

酒

何必論交我輩私興酣愁死一中之守文丞相留賓日失路英雄近婦時得此能忘天下事有誰敢作謫仙詩最憐成敗因人處名聖名狂兩不辭

肉

平生鮭菜未全非每聽轑羹淚暗揮豈有大夫謀國鄙何妨從者食言肥炙原可欲人偏賤麋果能分世不饑多少屠門豪嚼者一心說士坐中稀

夜坐

坐久酒都盡天寒夜四更短檠無火意遙拆有霜聲怯睡中年味尋吟獨客情樓居愁似海未必便長生

客中除夕

辛酸今歲盡獨客黯銷魂四顧無前路春風古寺門此身空老大與酒度朝昏閒殺著書手傷心誰與論

戊午上元夕抵家

船對潮行去艣遲到家已是月高時迎門兒女先調笑錯過春燈酒一巵

村話圖

頓覺干戈遠清涼滿目前歸來種桃地笑倒釀桑天我有千秋話今無二頃田結鄰向風月此事是何年

村外小步

雨後春光繡不如四邊新綠繞山居無花老樹知多少桃杏詞人不道渠

即事

懞頭衲被意如灰儘好山春眼倦開花底雨餘誰試笛引囘殘夢過江來

飲酒

幾時洗面淚珠乾多難長貧意彊寬儒匄有年於老近樵漁無地得生難一家餘燼期錐立四海橫流仗鋏彈不是酒杯渾作達爲曾設想便

心寒

選錢

飢棲無擇枝留滯釐捐局胥童課錙銖管鑰命吾屬借問近何事阿堵伴食宿比貧兒暴富十萬塞破屋噤口欲不言銅臭名已俗起來呼錢神汝今亦識僕雖無用汝權生平此眼福不留耐久交計短眞碌碌闐汝有古香往往土花簇昔賢矜多藏罔諱癖之酷我試選奇尤聊當訂譜錄脫貫聲瑲然文字燦盈掬大都周秦間惟餘半兩獨由漢迄六朝五銖略可讀如濞通者

流亦莫辨誰孰新莽所創鑄萬一復謀目固皆巨手篆倉籀筆匙曲要是尋常物見重等荒穀豈無品上上寶貴敵珠玉（謂如銖銖五五二銖四銖之屬）何人期瓦全與劍埋在獄日久蚨血枯氣斂霄漢燭抑聚於所好已韞誰家櫝鐘鼎方追隨吏不司販鬻我姑登下幣藉塞鄙人欲其次唐庫蝶隸若深刻木月子彎其陰或著地洛蜀十分完好者鏡光尚新沐況聞中醫方折骨每能續積之多益善蒯繩漸駢束當年張鷟文想見聲價足否則李杜仙曾買酒十斛宋錢遺最夥十可得

五六四體何紛繁鋒棱妙伸縮金元錢頗希享國本較促摩抄偶有得楷必歐虞肅金元錢有用其國書者今尚可得其範較大不在日用常行錢中故略之獨怪前明時一統擴皇籙今裁數百載天胡奪之速中間七紀元竟乏一錢賸惠宗之建文仁宗之洪熙英宗之正統天順景帝之景泰憲宗之成化武宗之正德錢俱無一見者建文景泰正德骨董家或售之然皆贋作無眞品也縱云銷燬易駔儈手常毒詎無漏網魚乃似覆蕉鹿其餘諸帝號圓相見粗熟質皆輕且薄書尤拙而禿一代制作疏於斯即可卜蓋自宋以來取一汰其複至若環海外夷醜越荒服以及草竊徒

僞號曰妄逐各有鑪炭工煑字酬菽粟勿庸論
點畫都自堅好肉(借押)濁流未盡投大是良金辱
我亦披揀之臚列鼎彝族凡諸劫後灰俱我纏
腰蓄敢謂驥空羣翻憐鼷滿腹纍纍此晨星幾
閲人歌哭自今看吾囊替洗客顔悪寶山不空
回債臺欲緩築奈學姹女數指爪偏青綠愁城
頭屢低春寒手恐瘃將無窮鬼謝雙目暗中蹙
差幸官家錢書生貨非黷門前賓朋來未用身
障簏
欲起

欲起仍眠戀宿酲禁煙時節易天明還家亂夢鐘催斷隔夜殘詩雨補成桃李此鄉應笑客江湖何日且休兵餘生又伴青春老願聽鵑啼不聽鶯

客味

一花今未見已過尾春時客味寂如此日來愁可知靜聞流水語閒識遠山眉何處容消酒黃昏雨最宜

送陸子岷鍾江入都就縣令銓

五年師友至親如縱值離羣意肯疏夢裏江湖

同識路病餘晨夕必傳書豈惟性命關文字常
爲窮愁慮起居此後相思應更甚不無消息滯
鴻魚
爲想前途叱馭身從今名姓在黃塵古之循吏
相期久家是清門不厭貧此日榛蕪憐滿地他
時麐鳳望斯人書生一事宜珍重衣狗羣情辨
要眞
我已中年朽蠹甘漊娑衰柳在江潭窮常送鬼
渾無賴拙到爲傭亦不堪乞食人如遲老死種
花地願近東南脫錐借箸非吾分尚欲書城一

縱談

聞賊陷全椒感賦二首

此鄉眞瘠壤每意賊哀憐我尚欲枝寄今終難瓦全更無買山地安得洗兵年家　國平生淚臨江一黯然

甥舅半垂老新交幾友朋昔之受恩處酬報久無能生死知何若音書得未曾豈惟吾意苦兒女恨塡膺

苦熱

檐短軒尤敞全收暑一樓有風宵不寐未日曉

先愁膚剝頻驚蝗言徐欲喘牛近今何畏懼項背汗交流

還家

還家翻似客兒女一時喧亂閣囊常礙新支榻不溫縫裳促冬綫翦燭戀宵尊幾日聽江雨征帆又在門

別後寄內

家爲逆旅身爲客歸太艱難別太忙兒女憑卿好調理琴書隨我愈悲涼畏人常作厠中鼠寄地如看塞上羊何日漁樵忘思慮葛巾菅帶話

殘陽

長夜

長夜宜遲睡寒天要薄酲況兼風雨苦繞樹戰秋聲樽酒貪書味吹燈雞一鳴客愁方欲起鄉夢已先成

九日

難得秋還霽何曾節不佳客蹤閉蕭寺黃葉只盈階無可看山處看花約更乖淚從詩句畜憂待酒杯埋

感事效演雅體

果是師材參亦宜看來驢技了無奇避螳有路終非計摧虺於君要及時猴已得冠防狗瘈盤方擁劍狎龍凝將鳩病鵲何恩怨所望鷹鸇一護持

不寐

秋盡蟲酸夜更遥異鄉霜鬢醒無聊青燈影與詩酬答黄葉聲兼夢動摇野水天陰孤雁餒破樓人病大風驕爲貪薄醉纔欹枕不到愁消酒已消

花影長圓圖束季符爲悼亡作也屬題

我聞天上花一開三千年雲霞擁護之花身即神仙如何種下界壽命乃不堅春風吹未終飄零東君前將無優鉢曇一現留因緣老佛作狡獪香色無真詮抑由塵網中愁苦恆無邊託根本空山不似藍田煙晴雨與寒溫幻境皆憂煎庭蘭杖慈陰生意了不全時鳥多悲哀同病尤相憐坐此相中傷埋玉成長眠遂令偶花人舊夢纏且牽含情命畫工欲奪造物權開時花如何彷佛生平妍所惜花落時餘恨難爲傳可知解語非寸寸花魂蔫謂是花之影影在花棄捐

舉酒欲酹花未飲先酕然豈聞鴻都客扶花出黃泉但餘人間血滴地生杜鵑彩雲不常鮮明月不常圓瑤臺花又紅引君歡喜天余作詩時元相已續柔之矣故調之

己未花朝由東壩之蘇州

幾夜春陰損月明花朝喜放十分晴樹根未綠有生意風力尚寒非惡聲客夢乍隨啼鳥醒征帆檣對好山行近來酒興頹唐甚孤負汪倫送我情有人饋酒未及飲載之而行

飲無錫惠山酒肆

勞勞在歧路家近不成歸獨客春愁有中年酒
力非泉聲鳴宿雨花影占斜暉亦自閒行坐翻
憐倦鳥飛

夜泊焦山口

江雲如秋疏於紗有意無意籠月華夜潮明明
向西去此時應到吾舊家舊家城郭不可見杯
酒且酹鮫人槎眼前榴醋自火發未是可意初
春花

絕句四首

黃金買骨事何如逐電追風願已虛要作人間

孫伯樂不如留意到鹽車
花前夜夜月留賓今夜東風寂寞春任是朱門
好池館落花時節總無人
世言古物我無有我聞極北有雪山此山貼地
一尺雪應是盤古元年寒
自有陰成果熟時東風不遣落花知落花抱盡
傷心去只恨東風再到遲

別後寄張耕農四首

容易逢知已論交白首初曲原人和寡情豈市
交如何意遭飛語於今感索居所欣肝膽在膠

漆肯中疏

我豈能無過吟魔又酒魔客懷湖海重世態雨雲多幾輩能言鴨平生瘻背駝時宜渾不合奈此肚皮何

君亦嶢嶢者須防有缺時羣言方集矢一子易輸棊努力酬初願同心更有誰鹽車況歧路良驥可勝悲

阮籍停車日唐衢慟舉年槐忙天已雪秫賤我無田心事寒蟬外音書落鴈邊石交今鮑叔難諱口言錢

題長洲宋㦤卿廣文先生澄江話舊圖四首

昔與二三子偕游鄒魯門豈惟商舊學常覺感深恩問字春燒燭論文夕命尊蓼莪詩廢後經帳尚餘溫（先生前爲江陰學師歲己酉以憂去職）

何意遭離亂干戈捲地來最憐吾黨士都是燼餘灰幾輩傭猶活無家別可哀遙聞杜陵厦迎擔徑頻開（時避地蘇城者先生皆加意接之）

香火因緣在春風如有私江東諸弟子重與主持之時尚馳兵檄人難聚講帷 聖恩許僑試

杖履幸追隨先生再補江寍縣學未履任今送諸生應試杭州

長者情親甚重招舊屐裙觀潮向東海指日話

青雲先生別有觀潮圖爲吾黨勗也所愧才名老難酬望眼殷

惟憑新菊釀常誦百年芬今年重陽日爲先生六十壽

吳江道中

半老蔆花半醉楓湖山眞比畫圖工那堪到處

逢煙雨十日吳船似夢中

送史秋舲寶恬之粵東兼示子岷

與君小別經三載乍見各驚塵面改一夕清尊

萬里遊君之此行南到海南海不在青天涯燕

趙會有同飛時所嗟雙鬢易爲老相思但願相
逢早況君此行非得意世味寒溫近來飽故鄉
雖在今難歸歧路帆輪皆草草我亦失水如窮
鱗江湖空闊依無人化龍不成意中事（方就浙江僑試）
簫聲知逐誰邊塵忍淚從君一揮手何年眞結
桃源鄰（余與秋船屢有結鄰之約終不得果）桃源幻境不可得家
累尚非息肩日平生意氣盜死灰彼此男兒須
努力羅浮梅花開待君陸郎循聲方籥雲（子岷爲龍門令）
爲余枯菀若垂訊憑君一語通知聞

題澄之吳淞歸櫂圖

頗欲寄聲訊海濱盜久居西湖今一見君有思歸圖蒓鱸非所戀此意不欺余與覓停舟處桃源世有無

題楊樸庵長年補夢圖四首

五百年中卧榻寬幾人醒後說悲歡羅浮太褻邯鄲俗句引書生一睡難

梅花小閣枕微波似隔紅牆正按歌定是前生消受地再來還賸月明多

吟魂偷入大羅天親見紅厓散髮眠自是下方人不到青霄畢竟有神仙

先生此境可尋無底費名山補畫圖好夢可憐都散失獨留醒眼看榛蕪

西湖酒家題壁

老去名心盡後才敢將馬骨問燕臺此行不是欺人語半爲西湖買醉來

西湖雜詩六首

一桁殘陽五柳居只今宋嫂重羹魚銷金鍋裏無眞味獨有黃齏淡不如

去天尺五文瀾閣尙有平生未見書潤州江水揚州月無復神仙飽蠹魚

安得軍聲似背嵬岳王墳上屢徘徊一錢試學
人磨洗袖得青天霹靂回相傳於岳墳前輒石上磨錢佩之能辟邪
拜罷于公墳側坐不須尋夢更句留科名萬一
非非想我輩先從夢裡遊
欲澆杯酒意先酣蘇小墳前香一龕昨過吳閶
門外水落花無處弔黃三
至今人語應空山白鶴當時想往還身到林逋
高臥處吟魂已不似人間

杭州送子元季符歸丹陽二首

科名亦何貴所爲客恆飢又作青雲想能無白

首悲文章無是處或者淚乾時努力望同學何
須我得之
邇日頗不健中年方自傷何知二三子如我更
頹唐一切閒哀樂窮途殊未央相期重身命此
別太迴腸時二君皆病

西湖歸舟偶成

嚴城鼓角催歸急湖上人家一宿難初日芙蓉
柳梢月可憐都付阿誰看

十二月十五夜無月漫成

雲意沈沈雨意新燭邊無語酒邊瞋再圓已是

明年月不解孀娥尚避人

秋蟪吟館詩鈔卷五終

秋蟪吟館詩鈔卷六

上元金和亞匏

南棲集

咸豐十年之閏三月金陵大營再潰不數月而吳會賊蹤幾徧東南之歐於是乎極余於其時盡室由江陰渡江一寓於靖江再寓於如皋又渡吳淞江取道滬上然後航海至粵東止焉初佐陸子岷鍾江大令於端廣二郡子岷逝世遂佐長白鳳安五林觀察潮州前後七八年間凡若簿書期

會之煩刑獄榷算之瑣椎埋烽燧之警倥偬責讓之擾俱於幕府焉責之感在知己所不敢辭則日已昃而未食雞數鳴而後寢者蓋往往有焉文章之事東之高閣而已然猶以其聞見所及製爲粵風粵雅二百餘篇又先後懷人詩七十章草稿皆在牘背未遑掇拾丁卯東歸之前數日家人輩以爲皆廢牘也而拉雜摧燒之於藏拙之義甚當而歌泣已渺不可追然則祖龍之餤虐矣顧任生遊迹以粵東爲至遠展

齒之所及未可廢也其未至粤以前及在粤餘詩敗鱗殘爪間有存者輙復寫之爲

南棲集

將避兵之江北感賦

十年離亂久已似不知兵賊熾乃今日吾行亦北征皇天雪何意聞三月十五日立夏大雨雪以風鐘山大營礮火皆反擊遂潰立上將敗無名張殿臣副帥孤軍保丹陽諸將無援者戰失利竟死之滿目皆餘燼連江一哭聲

渡江

柴門回首即天涯暮雨霏微去帆斜六郡鼓鼙

誰逐賊十年書劍幾傾家夜深雞警連江火春盡鵑悲滿地花此岸即今行不得驚魂何處定風沙江干無賴子弟假邏賊名呵禁行客椎埋剽掠無地無之

此鄉

何處桃源許問津此鄉草草寄吟身瞋魚有意不容物羞菜無言常畏人行客漫勞談姓字窮途敢信仗交親可憐忍盡唐衢淚尚費金錢幾買鄰

殺運

殺運至此極天甯不好生有時能悔禍誰謂竟

如酲所望人心古天心怒一平諸君倘厭亂方
寸試重耕

小草

牆陰小草古無名瑟瑟黃花入夏晴曾有何人
問開落雨恩風怨自平生

自嘲

觸熱頻千渴睡人煩聲誰聽止逢瞋平生冷笑
癡蠅慣頭白何知一效顰

夜泊斜橋

小泊橫江口長年醉不行稻花秋影合蘆葉晚

涼生風在煙無力潮來月有聲鄰船齊夜話鄉語獨分明

秋暮聞蟬

滿地秋心獨自悲一蟬遙在最高枝此君差勝歸飛燕尚與愁人話片時

感事

千里聲聞競鼓鼙諸公麟閣有階梯大官青鬢垂貂尾長路黃金壓馬蹏儘許起家如海闊相期殺賊與山齊誰知士雅平生志止出南塘不聽雞

閒居八韻

時事艱難日虛生愧腐儒閒居乃吾分敢復泣窮途所苦調飢甚年豐米似珠吹簫瀆人聽可叩一門無況與鳩分拙未能從釣屠平生識字誤搖落此江湖豈乏諸同學金多客氣麤妻孥終寡識方笑僕非夫

客味

荒江秋盡雨風頻鴻雁聲酸客味辛婦毀笄衿憂世亂兒辭梨栗識家貧今年多病寒偏早盡夜常醒老漸眞天遺餘生成酷罰絕交書敢怨

時人

不寐

油燈漸放月華明涼夕遲眠又五更冷眼電張憐鼠技壯心灰冷怯雞聲寄生始信錢爲命惜死甘辭酒不名一事未全忘結習枕邊時喜小詩成

自我

自我經離亂途窮未盡窮即今飢欲死歌哭漸無功有未絕交者相憐病乃同春風滿江海何處止飄蓬

陸子岷 鍾江 書來招遊粤東感賦

許我浮家去何辭萬里遊從來滄海水有意渡閒鷗止自驚衰朽交情未易酬尺書珍重語時輩讀應羞

史秋舲 寶田 亦附書勸行即題其後

勸作南飛鶴深交骨肉看從今寄生死不但策飢寒燈下全家感天涯此語難年來雙眼淚今夕爲君乾

贈嘉興張龍門 以莊 秀才

湖海聞名久相逢今路歧有家同梗泛無淚爲

花垂竟不窮愁死都非少壯時飢鷗易爲飽心
事鬢毛知

與孫澂之文川話別揚州

塵土飄零久勞勞共此生艱難得歡聚離亂見
交情春色自桃柳此鄉無燕鶯南枝余有夢明
日別君行

如臯遇陳月舟鑑上舍即以贈別四首

如我長貧賤生來毛羽單中年更平聲喪亂無地
避飢寒君以多財重時方熱眼看何期生意盡
晨夕大艱難

昔所解推者原難責報深但論天位置未免太
寒心斗水留餘潤能償淚滿襟誰憐捫蝨手曾
散萬黃金
豈爲嵇生懶臣髡辯更雄鬼神怒我輩罰以兩
奇窮要是酒徒病他無媿可攻腰纏十萬貫何
事福諸公
至竟歸何處甯無續命湯鬢絲看日甚妻子劇
悲涼一飽憑孤注相期萬里長時君將北上余亦有粵東之行
壯心如此盡歧路幾商量

秋柳

幾夕金風戰綠楊垂垂病葉已全黃憐渠未到
飄零甚猶爲旁人障夕陽

將之粤東留别江南諸友

江南殘郡尚千里我立絶無盈尺階年來乞食
牛馬走輭脚踏碎雙芒鞵故人笑聲達户外破
剌不敢輕出懷平生雖有縞紵雅高門詎納枯
形骸固由世亂生計薄一錢流潤如江淮諸君
心學亦鋭進孟平往往初念乖豈無二三交耐
久大氐貧賤吾之儕風雨尚頗通問訊但言嶺
境無一佳其中不才我尤甚眼昏淚熱誰爲揩

四顧茫茫匙長策方寸一籔當風簁儻竟忍死
作株守六尺靜聽天安排奈我於世太齟齬天
欲福我無根荄縱令學諂自今日甘以冠劍爲
裙釵蛾眉雜進方萬輩只恐舞袖邯鄲差借押何
論腐儒習氣重頹面未免留斥厓狂名偶然入
人耳怪物所至譙訶皆此從何處得轉計乃期
好夢來青槐徒馴野性同鎩鶴敢憑客氣師怒
蛙十日九飯常不飽妻子瘦削成羣豺老夫壯
心既灰死更苦秋病痔癘痎邇來龍鍾骨一束
羣兒姍笑慙優俳隔江烽燧況屢警吟魂終恐

鶩沙埋忽從天外落奇想寄聲遠至南海涯陸郎官好儻憐我此君古道追黃媧果然命我挾瑟往食指並許全家偕譬諸九死奉赦紙字字如聽鸞鳳喈亦知萬里道奇險身命本來籬寄蝸西人之舟發以火破浪差勝桴與簰此行孤注仗一擲故鄉難戀好韭鮭所惜良友分趙燕何時更叩花前柴臨歧莫餉一瓻酒蘇晉久已眞長齋以後相思累晨夕海鼇忙殺傳詩牌蛤蜊我非知味者風情盜向珠江娃或如嵇含草木狀別寄一卷書齋諸

舟中見燐有作

江湖滿地膭干戈處處青燐照綠蘿不信夜臺如許火十年新鬼比人多

守風海門之圩角港

吾命飢驅老今爲萬里行十年鄉國夢一夜海潮聲亂世人風駮孱身客路生石尤眞惡劇秋冷更無情

吳淞訪友

秋雨吳江訪故知白楊新冢已纍纍九泉插腳應安穩不似人間有亂離

由吳淞江易舟渡黃歇浦至上海

六年前飲吳江水重與妻兒到此鄉全局江南餘片土幾家海市破天荒儘償石尉珊三尺誰乞東方粟一囊同是豪華四公子春申君本最尋常

上海晤徐生談近事感而有作

漫憑如願夢封侯徐福今歸海上舟風月蜃樓無管束干戈蟻穴有恩讐銀河水色添紅淚珠樹花枝照白頭我已年來愁萬斛不堪此夕爲伊愁

到廣州口號 辛酉臘月由上海航海至粵時上海又告警矣

劫火江湖徧桃源何處鄰此行方奪命吾意獨憂貧飯稻彌天賤衣棉閱歲新若論溫飽事合作嶺南人

廣州除夕

金尊孤負荔枝香對酒先傾淚萬行佳節底干孤客事逢人偏要道勝常

壬戌清明作

夢逐揚州舊雁羣去年清明余在揚州孤飛聲影斷知聞紙窗過雨日猶溼塵榻無花藥自熏春盡我逢

垂死病海濱誰買送窮文旅巢不及播間甚多
謝唐君義薄雲時余遘病卧逆旅中同鄉人無過問者惟新交香山唐君應星獨一臨視且贈藥貲可感也

余既至粵陸子岷方任高明高明客民與
土戶鬨七年未罷子岷治軍江上余未
遽赴而家屬與余先後發上海者亦久
未至不得不留會城待之窮病獨居人
境愴絕四首

等閒鳩鵲志喧爭七載居然不解兵且莫事從
公是斷大都人視 國威輕蠻州每苦絲多亂

㲋今方欣鐵有聲我愧鉛刀鋒鈍絶避囂酣睡在春城

帆檣日日集如林底我移家直到今蛩負交情甯左計孫澄之居上海久余以家人附西人舟事託之越百餘日未至狐疑魂夢欲東尋甌吳兵火連天遠壺嶠風波帀地深料得身經滄海者應憐擔盡一春心

百花紅樹滿城春萬里靑天半死身海上釣鼇盜有路門前題鳳更無人淚多醫不名何病金盡奴先變上賓偶一舉頭開睡眼山靈誰似我眉顰

鬚眉羞向鏡中看想見年時相更寒客氣盡銷
生事少土音太差去聲解人難問名止敢稱雞肋
求食常防遇馬肝學賣癡獃似吳下衆中都作
十分歡

病甚不寐鄰寓楚客數輩夜有戲爲挽歌
者哀苦動人悽然成詠

客或歌蒿里悲風生一庭茫茫九泉鬼此淚爲
誰零月夕想殘醉人生感化萍何知老夫病獨
對短燈聽

近況

近況不可說總之前日非路窮貪海遠身老聽春歸多病憶家切長貧入市稀從來無客過不用掩松扉

四月十一日家屬至粤三首

一家來喜甚乍見淚如潮隔歲别非久天涯魂屢消居闤寇氛惡行處海風驕今夕共燈火餘生止倖邀

我病好將息顏唐不至斯只今身未健何事汝來遲捕蝨衣誰浣刴蛙竈自炊此時憶家苦白髮暗中知

盡室依人慣艱難到此行此行今已定所賴古交情我豈有他望天寍不厭兵何當生計遂歸買故山耕

史秋舲自佛山來會城見訪即送歸楚兼呈長沙楊蓬海恩壽明經三首

意外逢君一說愁銜杯難禁淚交流八千里外病垂死十二年來兵未休亂世詞人原腐鼠全家滄海伴飢鷗生平鐵骨歸何用天遣勞薪早白頭

鎩鸞如我愧虛生市駿期君振大名吏隱可從

爲屈宋家聲相望在蓬瀛頻年歌哭雖同調歷劫文章更老成滿目青雲前路是他時車笠見交情

一枕潮聲又別離明朝啖荔各相思亦知天許夢中見未免人添去後悲努力秋風慰慈母傷心冬氣入吾詩此行再遇楊夫子爲道江淹才盡時君自楚來粵時蓬海明經聞余入粵極致傾慕之意余甚愧之

廣州城夜望

萬里天涯古越裳雲容莽莽日荒荒幾家王霸皆孫注末路河山每後亡海外有田三稻熟春

前無雪百花香我來不爲歸裝富回首煙塵滿故鄉

高明道中

萬頃新秧一翦齊鱗鱗綠水養紅泥此中多少寃禽血芳草無言落日低時土客相鬬之兵退不逾月

漫成

敢言筆札似君卿苦海文章得失輕一事南來差可喜漸無人說舊才名

縣齋坐雨

一夜雨未止居人歡若雷海濱農事旱此雨及

時來尺土我無有從誰笑口開料應江水闊明
日打舟回

珠江夜歸

船前船後榕花飛雙槳打潮潮滿衣十五盈盈
柳條女夜深風露送人歸粤人呼垂髻女郎曰柳條仔

去年之赴粤東也遣嫁祇女而行今年閏
八月因事暫歸江南祇女家數日復將
還粤言别四首

昔之與汝别不敢説歸期何意首重聚一年今
未遲路經海外險人較去時衰翦燭深深話歡

顏豈敢悲

喜汝爲新婦賢聲徧里閭家風習貧賤顏色似當初汝母苦憶汝亦如汝憶渠得余親問訊勝寄百回書

欲說不忍說我先知汝心心傷我中歲百病底相侵所望加餐飯何時返舊林要看天位置答汝費沈吟

南還方甚急萬里海風催此見本意外我行姑勿哀但期兵火息雲日一時開夢裏家山在寍知不再來

倚裝再別祇女

歸鞍未冷又征鞍老淚如泉感百端翻悔此行多一見今年別較去年難

閏八月十四夜崇明海口阻風

身自炎荒至渾忘吳楚秋遥天一鴈過涼信落孤舟天上幾明月故鄉今客遊誰憐衰病骨萬里逐閒鷗

過倚孃故居

前事不可說今來且看山老餘詩筆健病放酒杯閒花落蝶何往池通潮又還茫茫兩心事一

樣在人間

借舫坐月借舫者高明區氏園也時偕子岷校歲試卷居此

香温茶熟此清宵暫可消愁且共消蝶大於衣爲橘繭水濃如酒是椰瓢月華夜久壓人重花氣春深闌路驕上少舊時攜手伴最高樓上一枝簫

黃牡丹奉和居珏夫人

茗華入道孕仙根儷白俳紅各斷魂塵土別饒春色豔綺羅同讓國香尊應憐霜圃秋花瘦每認瑤臺夜月昏何似玉妃初病起薄施梳洗倚

宮門

廣州晤同鄉吳九帆湘明經出詩稿見示

奉題

南來尤寂寂獨客敢論文況以傷心甚頽唐已十分與君數晨夕吾意亦多欣一片寒陵石相看仍舊羣

冬柳四首和吳九帆

曾是長條踠地垂歲寒消息斷聞知冰霜浩劫延眉嫵湖海新愁上鬢絲蟬噤本無負翳葉鴉楞盌在舊棲枝謝孃較我還癡甚雪下詩情尚

為伊
幾輩停杯話綠陰當時我最識卿深瘦腰學舞羞當世傲骨支撐直到今偶對征鞭惟冷眼盡隨樵斧儻甘心染衣久已無情緒葛帔人誰覓賞音

記得江南長短亭笛聲常在別離聽況抛金縷都埋土誰向冰天肯種星未死秋心應更苦再來春色不堪青風流如此成銷歇每見朱樓老淚零

移根我亦懺閒情陶令柴門掩不成萬里霜留

疲馬迹一年風臢病鶯聲南枝幸傍梅花熱小草重逢臘鼓鳴回首江干同命樹獨貪寒趣愧餘生

花地舟次遇青溪舊人阿益

天涯誰顧曲衆裏自嫌身大海難爲水孤花不算春鄉音吾獨喜客路汝尤貧話到傷心處埋香又幾人

謁黃老相公祠黃名安字定公别號石齋上元人明季諸生屢試不第走京師上書仍不遇最後佐潮陽令某君幕府崇禎甲申思宗殉國難事聞先生痛哭赴井死士人就井塡土爲冢立龕祀之稱黃老相公祠有禱輒應

舊家同傍胭脂井兒女悲歡徒齒冷今來古井
弔遺忠泰山豈與鴻毛等遺忠者誰黃先生少
年獨步江東名學書學劍兩無用鞭馬一誓天
上行天上何人虛左待威鳳無輝鳥振采買山
還仗賣文錢了了萍蹤落湖海潮陽令君方南
來先生雄心老未灰替人小試種花手陽春所
至歡如雷是時神州已多事忽報京師賊大熾
小草猶懸奉日心寃禽頓下思君淚先生痛哭
訴高皇子孫乃以仁柔亡區區李闖亦毛賊誰
令十載滔天狂一戰尚能憑熱血欲刃仇讐手

無鐵王侯幾輩已生降日黑天昏對誰說吾儕若復惜此身再活百歲盜爲人清流十尺自埋骨殉君何必君之臣先生入井二百載井水雖枯井不改試開胷土與招魂儻有遺書心史在井水況有重來時味甘百倍今可知男兒意氣苦不重我汲此水一飲之

甲子四月十七日五林觀察招祀楊忠愍公生日於西園以坐客姓爲韻分得馬字

男兒不逢辰墮地泣聲啞塵網惡趣多身後名

乃假我讀公年譜憂患中人也生平值初度受
客賀必寡當朝有巨奸方傳百年罕達官作兒
孫舞綵集華夏鞠腦紛上壽罔惜折腰髀前席
盈千金一開笑口哆苞苴物何來膏髓竭天下
維公久震怒至性含石瓦一朝蹈九閽白簡獨
力爲義憤太學陳痛哭少年賈此奸若竟鋤萬
歲聖人嘏斯民如更生童叟慶於舍借押豈但臣
一人竊祿齒加馬不幸帝聽充謂金敢躍治賜
杖毒臣躬肉落毛髮擣囹圄待命久終以碧血
灑臣之上書始肝膈早傾瀉不與奸俱生臣非

畏死者一死雖鴻毛如火蛾自惹過去三百年生氣彌天且苟有血性人孰不淚盈把燕寢幸無事偷間課銷夏借押以公懸弧期私祭比枌社知公儉食單櫻筍代脯鮓瓣香上干雲垂虹燭雙灺敬陳短長吟當誦梵般若公魂倘可招未用極垓野抑公再生天愼炙命宮輠守愚易老壽尙直斯病瘕甯書絳亥字頭白汗顏赭毋爲孟陬屈騷音附小雅

楊妃生日詩四首

連理雙飛誓後身漫從天寶說生辰三郎自有

千秋節不是今生共命人
爲想驪宮倒玉尊年年避暑有新恩一家生日
無人管冷落梅精最斷魂
自歸南内淚痕多未必斯辰忍按歌惟有羅衣
揮手日荔枝應祭馬嵬坡
是否花魂死尚凝五雲深處最相思不知鈿盒
傳言後再降人寰是幾時

殺虎行爲香山徐生作

虎能食人人畏虎人能殺虎虎不武虎乎虎乎
汝何來乃以我爲東道主前村一牛後村豚萬

口同聲一時怒怒而不殺我不然汝若再來我殺汝相虎來路當路心掘爲一阱似井深磨刀三尺鐵可入夜夜持刀阱前立當虎十日未來時衆心疑虎能先知或勸罷休意弗許虎若不來我不去明夜月黑雲磐磐天昏夜曠魚更闌狂嘯一聲虎來矣人方假寐立驚起持刀覓虎學虎聲虎忽落阱如山傾便從阱上窺阱下虎鬚戟張口箕哆見人一躍與阱齊人刀直前虎面犂平明繫虎虎不動權之凡五百斤重從此歡聲徧里鄰宵深露坐情話親一虎既殺百虎

退童稚無諱雞犬馴乃知此本無難事人生勇
怯分越秦君不見香海海濱殺虎虓虎不食人
今畏人

和鳳五林觀察潮州民團報成閱伍元韻
二首

舉旗萬家舞借箸一時籌好勇根天性從公急
國仇先聲寒賊膽衆志叶神謀我最驚禽慣
今都釋杞憂

我公羊酒犒兵政更嚴明日與戈常照潮因弩
不生此軍盗有敵彼賊况虚聲試聽金鐃奏

恩綸下鳳城

乙丑十二月二十一日左恪靖伯誅髮逆僞康王汪海洋於嘉應州城下收復郡城髮逆至是始滅鐃歌四首

上將威名古范韓先聲到處賊心寒雄師十萬長圍日早識窮魚漏網難

當時賊騎走湖湘幸賊哀憐此故鄉（髮逆中粵東之人多於粵西初自粵西逸出時直走楚南固謂其不擾粵東也）何意江東潰圍出一心來作嶺南王

鼓鼙閩嶠軍容壘樓櫓潯江戰血紅此日程鄉

一星火居然降將是元功是日汪逆單騎出嘉應城有降人丁某識之走報大帥帥命萬人隨丁所指合圍而槍斃之良久始殪

盜弄潢池亦偶然誰令此賊勢滔天可憐拳大跳梁鼠也歷三朝十五年

和張壽荃銑觀察西園漫興五首

公自田間至今爲海上霖神功方潤物佳興偶依林榕老溢生趣蕉虛證道心此中忘世慮得意且高吟

幽禽逐人耳對語各忘機坐處憐荷靜行時妬蘚肥閒情風皺水結習雨黏衣醒眼覓眞樂翻

嫌蝶夢非
夕園誰卜築嘉植惜多疏公以陽春手來翻種
樹書歲寒三益補榛穢一時鋤他日清陰滿栽
培力豈虛
吾黨二三子時從脫帽遊暮春此童冠韓水古
風流舊價慙非駿餘生幸有鳩自憐秋氣重不
敢賦登樓
若論公幹濟林壑意何欣海國多盤錯神君重
溺焚同仁無害馬斬亂亦慈雲招隱原餘事方
宣繡斧勤

丁卯之春將歸金陵余今年五十矣作詩
自訟兼以留別四首

昔年鄉井苦干戈滄海長征弔尉佗有命全家爲幸草不才平地幾驚波一身老去思歸久萬里南來得病多到此男兒知世味干雲意氣劇消磨

天許韓山放酒杯寒時幾度遇春回執鞭方感羊公逝擁篲重逢鮑叔來龍是畫中盜俊物桐經爨後乃焦材訓知所愧初心負綵筆無花劍有苦

七年啖荔客仍饑何事空裝嶺外歸驥志尙存
姑北望鳥音無改莫東飛孫懷違俗水投石結
習累人花著衣傾海不堪書異狀吳儂何日始
知非
孤注難憑是此行燼灰休仗舊才名高樓我敢
矜湖海大厦今誰數孟平痛哭文章歸老境亂
離身世信虛生寄言靑眼高歌者翁子餘年少
宦情

拜鳳光祿祠告歸三首

我初在門下碌碌了無奇何意古愚疾翻叨國

士知平生此意氣湖海幾瑕疵頭白炎荒外公
前一吐之
公才大於海焉用竪儒爲止以虚師竹常如決
待蓍忘形捫蝨覷補過聽雞時報稱夫何有一
心惟不欺
大星落地後吾道一時非曲少鍾期識春催杜
宇歸千秋公竟往四海客無依峴首碑前拜傷
心淚滿衣
鍾姬雲如澄海舊家女也流寓郡城年十
五矣其母將嫁之而姬志在余遂挈之

東歸喜賦八首

爲誰擔盡一春愁好事如今啖蔗頭奪得胭脂山到手書生眞不讓封侯

白璧微瑕衆鑠拚才名埽地筆頭乾千金三致尋常事止有佳人再得難

三五韶華肯錯過停裝解劍贖青娥遥遥十載湖州約至竟司勛薄倖多

自是因緣證夙生癡人作夢苦蠅營風姨費盡橫吹力花骨錚錚鐵鑄成

玉鏡臺前喜萬千傾心翻爲雪盈顛此君雙眼

青於電誤盡羣兒是少年
萬里家山歸有時江南煙水夢先知芳魂癡過
吟魂甚直爲多情死不辭
花下雙攜月下扶人間豔福勝蓬壺生生世世
爲兄弟許仗慈悲佛力無姬來以四月八日
此行嶺海計仍非儀舌雖存朔腹饑一事傲人
歌得寶片雲紅簇布帆歸

春夜

雨絲無力夜深晴一片春寒紙樣輕明月上牀
人夢醒隔窗似有落花聲

秋蟪吟館詩鈔卷六終

秋蟪吟館詩鈔卷七

上元金和亞匏

奇零集

余於丁卯夏由粵東之潮州航海東歸既過春申江行未至金陵遘疾幾殆至戊辰冬始以家屬旋里刼灰滿地衰病索居懷刺生毛閱四五年竟無投劇癸酉之歲出門求食雖間有憐而收之者而舊時竿木鮑老郎當大抵墨突未黔楚醴已徹十餘年中來往吳會九耕三儉蘄免寒餓而已

生趣既盡詩懷亦孤而自與夫已氏文字
搆衅以來既力持作詩之戒又以行李所
至習見時流壇坫尤不敢居知詩之名即
或結習未忘偶有所作要之變宮變徵絶
無家法正如山中白雲止自怡悦未可贈
人乃知窮而後工古人自有詩福大雅之
林非余望也顧吾友丹陽束季符大令數
數來問詩槀謂余詩他日必有知者兒輩
亦以葺詩爲請余未忍峻拒因檢丁卯至
乙酉諸詩雖甚寥寥猶彙寫之爲奇零集

余已年垂七十其或天假之年蠶絲未盡
此後亦不再編他集矣

還金陵口號

遠遊金粟海重入石頭城賸水殘山裏吾廬芳
草横故鄉翻作客親舊幾歡迎未死屬天幸此
來如再生

題陳月舟移花醒酒圖

此園盛時我買鄰頻來風月無主賓名花四圍
蝶同夢小飲百杯龍未馴江水東來急鼙鼓劫
火一炬成煙塵此園何幸萬分一拳山勺水存

其眞主人今之補天手蒼生霖雨無其時入山
且爲花請命意所不可酒下之餘年如我老尚
在去家萬里歸稍遲愛花亦與君同癖多病獨
吟止酒詩

上湘鄉曾侯六十韻即送移節幾輔

諸葛兵猶短汾陽學未聞公才邁前古時事值
多紛大老生名世中興佐 聖君鳳池標峻望
麟閣樹奇勳昔在辛壬歲初騰嶺嶠氛跳梁原
疥癬流毒乃垓埏吾土宅爲窟斯民杌與宭貧
嵎狂耽耽蔽日黯翁翁豈不闔專寄其如絲屢

梦登壇聲嚄唶借箸策紛紜戎政皆兒戲 天
威少一軍十三年甚熾億萬姓如醺公本廬居
起言訓 昃食廑義聲沸湘水壯志鑠衡雲獵
獵露馳檄隆隆雷合鼓同心盟虎旅示掌數螺
紋塵掃江之表星周斗所分上流清漢滙東略
指淮濆以次鐃歌聽都如幕府云建瓴從隼擊
遊釜想魚瘽仲氏承家教金陵掩賊羣宵圍眠
錡盾晨鮑淅交穫囊富胸餘智方良手不皸陣
圖雄背水戈影銳停嚖上將身包膽千夫齒齧
齦蟣從重甲浣梟始老巢焚捷奏 皇居燕歡

呼海甸麇弟兄各鐘鼎部曲亦圭纁既厭天心
亂還煩國手憲過江方駐馬失路盡哀猿罪谽
網三面賞鐲金百斤翦荊諏井里貸粟勸耕耘
幾輩賓歸雀多方市聚蠶舊城童拾芋新社叟
移枌春相排梁廡機燈會楚妘醉人冬有瑞行
客夜無狺齊轂通梅驛吳舲泛錦雯於時嚴禍
首隨事息勞筋暇日噓寒谷諸生集大昕談經
圉馬帳問字贈羊裙鴻製勖劉賈鳩工羅典墳
俗皆敦翰墨器自判猶薰凡此燼餘潤胥由盛
德熏慈雲垂藹藹甘雨沛雺雺愠得南風解光

依愛日炘頻年費調護元氣漸氤氳　帝命還
朝切人宜借寇殷定知元相度藉鎮北方董
功況資匡弼謨尤協侃誾待賡溫室樹廣植衆
生芸賤子材懸瓠閒身冷抱篔學書雖擬朔下
第敢居蕡一自南流粵長爲乞食員仄聞籌筆
痱私矢執鞭欣竟曳龍門履時沾燕寢芬槃才
窺管樂醰理飫河汾色泯齊桓侈箴傳衞武勤
斗山肅瞻仰葑菲感殷懃門外今攀柳車前孰
獻芹南豐香永爇藎奏愧無文
己巳九月蔡紫函琳刑部乞病歸里卒於

清江舟次哭賦三首

舊交零落幾黃泉此信驚傳倍黯然早計歸期重九外何知死別十年前前數日書來尚有一樽洗塵黃花未歇之語而余自咸豐十年在江陰送君入都後遂不復見今十年矣萍絲家口惟三兩棘刺秋心每萬千自有人生難說處不關貧病與烽煙

北來賓雁路偏長一病渾無續命方自爲虀鹽傷德耀誰教香火絕中郎君伉儷篤甚婦杜孺人先君數月卒而君病乃劇杜孺人無所出太夫人屢欲爲君置簉而不果至是白頭雙柩弔者惻然班留青瑣如春夢身過黃河是故鄉從此風流盡銷

歐只應傳世在文章聞遺槀甚多太夫人尙愼藏之著作有才成寂寞科名無力止嗁號窮魚幾輩逢風雨健鶴孤飛惜羽毛自古人文關世運只今天意厭吾曹白頭如此仍湖海不及先生一死高

癸酉人日立春

人日春歸日驚心二十年甲寅亦人日立春余時避亂全椒有詩乾坤身僅在湖海鬢蕭然煮字有雙玉買山無一錢餘生未來事不敢問蒼天

出門示兩兒

名心灰冷宦情虛嶺海歸來感索居一事未成身已老七年多病客常疏門前誰更來題鳳江上今仍去券驢差幸東裝原草草隨身還是舊琴書

傷春心事與誰知衣狗雲情變幻時敢信登場非鮑老從來識曲要鍾期舉棋不定先欺敵說病雖眞又忌醫壯不如人衰更甚畫眉何處合時宜

冷面盜逢熱眼看此行何苦累猪肝身經湖海狂名重心切飢寒直道難春夢易醒惟涕淚家

書頻寄祇平安兒曹努力從今日莫似餘生鋏
屢彈

寄雲如

昨別無言强自支回頭事事費相思吟聲鬢影
周旋久昔在家時兩不知

獨客無家慘不歡些些眠食稱心難中庭月落
參橫後誰忍春寒擣藥丸

夜闌身似紫薇花絶憶麻姑癢處搔料得自籠
紅袖看近來葱管又長些

相如渴病久難消一粟紅燈盡夜挑倦眼不堪

人意冷爐煙還是自家燒
騷人老去無邊幅蘿袂蓉襟半沓拖幾日無人
管鍼線青衫破落淚痕多
一點靈犀最有神年時春夢事都眞者回夢到
東頭海看我孤衾夢底人（姬潮人底人潮言誰也）
最怯春初夜雨零惺忪小膽泥人醒如今三尺
梨花枕軋軋雷車止獨聽
絮甲花鬚繡獨能一雙秋水恐難勝玉脉盡日
低頭可不要穿鍼到上燈
燕語鶯唬繞綠陰春風來去莫關心舊愁已是

深如海再著新愁海更深
太貪風露砭肌寒多食瓜梨積胃酸牢記別時
珍重語但身無恙我心安
月明夜夜上高樓江北江南各淚流詩卷我猶
餘結習問卿何處最銷愁

讀諸院司判牘書尾

斯世民何罪諸公任代天醫能識眞病生殺豈
無權如古之循吏其人即大賢高談心性者官
好自多錢

生日寄遺還十二韻實五月二十六日也是年甲戌余五十有

六歲在通州

今日吾生日題詩寄兩兒別來多涕淚老去愧鬚眉家教承書史儒修志鼎彝中年丁浩劫歧路迫調飢言作諸侯客期訓國士知未全馴野性大半拂時宜俗漸騰羣謗天還罰數奇請纓無徑竇賣賦亦瑕玼誰使遊湖海而猶避魃魑自甘爲阮籍古有幾鍾期芻豆論交易桑榆學詔遲才名成底事汝輩莫相師

癸酉七月得慶子元訃詩以哭之

生平好酒不好錢黃金信手揮萬千生平好酒

復好色風絮因緣半傾國錢既身外物色亦身
外身惟酒不負腹一飲一石一飲一斗意車文
馬方通神當其酒酣命筆千詩百賦如夙構水
之滄海花之春所作雖不純乎純要之語語皆
天眞時人不能爲乃謂非古人自君少壯世多
故食肉丈夫一再誤羅刹初揚百越波蚩尤競
起齊州霧君欲上書敢叩青雲閽君欲談兵敢
近將軍樹悲來把酒看劍長嘯元龍樓世稱怪
物相馬牛誰憐點點滴滴熱血迸作雙淚流君
之文章意氣有如此五十八年抑塞侘傺以窮

死死前死死後幾知己天壤一人我而已我能知
君才不能救君窮我窮實與君窮同哭君之日
我猶乞食東海東君今在天何處爲酒龍

夜坐

待月開簾坐新涼漸不同久疏燈上火最寵扇
辭風碧漢惟流水秋花又落紅遥知薄命妾無
睡盼歸鴻

寄雲如

病裏辭家慘不歡兩人清淚幾時乾書來報我
平安字爲汝今宵强一餐

隔江也有十分春數盡花枝不當人昨見白蓮
花一朶依稀猶似玉精神

登木末亭懷太白

碧蘿祠宇鬟茶煙曾此行吟有謫仙自著錦袍
上天去鳥嗁花落一千年

向忠武榮張忠武國梁二公祠堂題壁

咸豐癸丑二月髮賊既陷金陵甫十餘
日而大軍雲集賊酋震動衆皆酣飽無
鬭志其勢一鼓可下時向爲主帥自以
老成宿望壹意持重頓兵長圍冀賊他

竄張隸帳下雖屢陳方略誓掃羣醜有
戰必勝義不顧身要之左右惟命撫膺
太息而已癸丑以前賊所過郡邑無久
居意久居自金陵始由是而三吳三楚
西逮巴蜀北踰河朔南極嶺嶠糜爛幾
徧天下實癸丑之役釀成之蓋至同治
甲子事平而賊之據金陵爲老巢者已
十有二年矣丙辰營潰向以憂悸卒於
軍於是張有再造東南之功而仍無兵
柄越四年營再潰遂身殉焉二公同謚

忠武先後奉有專祠之命今吾鄉諸君
子構祠合祀二公因念二公幕府余嚮
者皆嘗遊之復過此祠愴然有感
盛名向寵如山重熱血張巡似海深身後史書
皆赫赫眼前祠樹此陰陰十年未熄滔天禍一
死難完許 國心誰使英雄無用處江聲流恨
到而今
十一月十五夜張海初大令招集秦淮水
榭即席賦詩並呈薛慰農山長
月輪夜夜東上天珠斗遍南箕北邊有時照地

物無影乃如一鏡中天懸是誰曾見今夜月當
頭不似尋常圓廣寒佳話姑妄聽霜天坐待拌
無眠主人愛月兼愛客勝地清遊難再得清溪
西接石城潮小姑居處將軍宅招邀車馬河之
干紫裘朱履聯芝蘭賭酒十升人未醉燒燭千
條夜不寒鈿釵逐隊驚鴻墮揚州兒女新香火
眉語人前雜笑顰身裁時下矜梳裹須臾歌管
動敖曹對舞當筵簇錦袍一曲聲隨流水遠九
天風讓碧雲高桑根老佛閒情賦陽春到處能
調護花片都憑天女飛琴絃自顧周郎誤衆中

我獨愧平生，孤負劉伶舊酒名。一身湖海餘多病，中年絲竹豈忘情。此時明月逐人來，此時人與月徘徊。果然今夜月尤好，桂花不落梅花開。板橋風景惜非舊，何當還我吹簫臺。亂後余買得漱紅軒遺址，實影孃故居也，至今未能修葺。白頭綺障無他願，再看月圓五百回。

讀胡文忠公遺集題後十韻

第一中興佐，千秋定屬公。至誠支浩刼，再造矢孤忠。狂寇滔天甚，時流束手同。十年聽鼙鼓，萬里化沙蟲。漢水來開府，軍書始發蒙。楚吳匯全

局智勇奮羣雄但著先鞭去如操左劵中星眞高北斗律總競南風大歲夢當酉斯人瘁鞠躬後來守成算儀彌乃元功

題河東君小像

生不許爲奇男子得天者雌已羞死況復逐隊凡裙釵不如早向青山埋妾家寒門大非偶色身事人妾不醜相天下士通以神眼前都是尋常人纏萬貫錢窮措大食萬戶侯賊無賴但願嫁一古丈夫千秋同礪千金軀錢公才望厭當世妾每見之輒心醉半野堂上初來時貌男衣

冠意可知今日爲公奉箕帚他日附公倘不朽
傭花媵月年復年神州一旦塵與煙公走告妾
妾私慶妾請卜公公致命公東海蹈妾問津公
盡室焚妾爇薪公雉經耶妾裂帛公鴆飲耶妾
浮白公雖無妾死有光妾從公死名尤香豈知
公念不到此如妾所言盜入耳公從此後鬱鬱
居謂妾鬱鬱當何如無何公死家禍作豚犬猥
瑣鵂鶹惡公已失勢誰相憐得妾一死家丸全
公負君恩計良左妾受公知殺身可此死毋乃
鴻毛同女兒心肝國士風

丁烈女詩

丁女名沁雲爲揚州丁楚玉翰林之女太守燮甫名某茂甫容甫名某之妹許字蘇州宋菊坻之子兩家皆宦於鄂未婚而夫死女死烈時寓居南通州

同治癸酉六月初五日未昏阿兄驅車歸在門阿妹驚立起阿母大歡喜兒自楚來幾日矣楚中幾月斷音書吾壻之病今何如對曰壻健固無恙語不成句顏不舒阿妹然疑無問處逡巡却入房中去入房豈向房中行竊聞兄語漸有聲似言壻病本不起歸葬何所尤分明阿母摇手呵曰止老淚點滴腮閒盈女行仍至中堂來

一紙擲向兄之懷去年微聞壻有疾妹卜如神
言不吉暗置襟帶間跬步不敢失請兄試讀紙
上字人生修短由天意妹命不諧奚怨尤此何
等事兄猶祕兄言妹性如男兒凶耗誰敢使妹
知妹既已知之幸勿多傷悲毋前欲勸勉口鈍
難爲詞女色揚揚如平常晚飯才罷歸蘭房毋
微窺之息在牀銀釭閃閃盜周防三更小婢毋
前過道女嚴妝起更卧毋來喚女女不譍藥甌
殘汁如膠凝啟幃視女女何有當日聘釵握在
手花貌亭亭玉體溫烈魄貞魂行已久此之謂

慷慨此之謂從容此之爲正氣此之爲女宗女何人姓丁氏婿何人宋公子壻生蘇州女揚州兩家宦鄂約婚嫁婿未及婚一病休女今覓壻從黃泉相逢倘比雙玉肩鞭龍鞚鶴上九天阿母阿兄呼天痛哭夜不眠

鄭千總死事詩

鄭君鴻謨金陵人官千夫長勇冠倫老父都護鬢如銀時淸無事家陽春一朝楚澤紛煙塵督師奉命誅黃巾吳中十郡調發頻父名在調君則犨衰年何以勝戈鋋兒壯能舉鼎百鈞督師

曰善汝代親壬子冬仲旗鼓新丈夫許 國盜
酸辛明年遇賊西江濱地名草鞋夾賊騎壓地魚貫
鱗我軍欲戰萬手皴南風無氣白日湮惟君虎
視雙目瞋有刀不鈍馬不馴殺賊無算如刈薪
犬狼四面環而狺自辰陷陣今且申君裹創起
方逡巡賊已交刃君之身咸豐癸丑月在寅初
九日晡君成仁丹心感愧邀 恩綸魂歸猶戀
蘭陔循是眞孝子眞忠臣

斷指生歌

生何來斷其指指則斷氣如矢老拳貫竹臂能

使一日猶書一千紙生滁州人獨行儒聖草善作黃門書當世貴重等萍綠換羊求判何時無十年鼙鼓江上頭都督者誰踞此州諸將豈但絳灌恥出身大抵巢芝流生於爾日困鄉井如抱荊棘爲牢囚一騎飛來花底宅非分誅求到煙墨倪迂之畫戴逵琴誓不媚人請謝客彼哉聞之勃然怒大索捉生官裏去門外駠駠牛馬走堂上吽吽虎狼吼金在前刃在後書者得吾金不書戳女手生上堂叱叱且詈盜泉之酒我盜醉女今殺我意中事語未及罷指墮地左右

百輩戰色酡生出門笑笑且呵筆鋒不畏刀鋒多刀乎刀乎奈筆何乃知世有鐵男子一字從來泰山比古今惡札常紛紛痛惜生平指頭耳死灰既死死不復吹生雖斷指書益奇墨花帶血光陸離從生乞取半丈幅張之草堂白日驚夔魑

題甕芳錄爲高君渭川死事作 高君渭川邑人癸丑二月金陵城陷君奉家屬投甕中死之其季子子安輯甕芳錄徵詩

賊何能能殺人世人畏死乃惜身賊所至處驅縛如雞豚鬚眉男子數十億萬輩搶地不起甘

作搖尾鱗朝運百甑粟暮伐十束薪東眠西食逐隊牛馬走千金之軀誰敢陳苦辛咄嗟小有不如意輕者鞭箠重斧斤種種楚毒之肉化皮毛皴道殣相望横荆棘烏鳶刷翅狐膏脣或更搜括入軍帖白面教執戈與矡赤脚疾走燕吳秦長日一飯饑腸輪夜半露宿轟雄蟲一朝狹路猝遇官兵屯馬頭風起烈火焚心落膽裂縮蝟蹲頭焦額爛寒蟬呻一網打盡無逃奔紅旗飛馳露布文臣某某日某地戰勝兵如神陣前斬馘無算級髮尺有咫纏黃巾安知纍纍者前

日皆良民今日爲賊死泉下聲猶吞湖海一萬里無地容冤憐然則畏死得死等死耳泰山鴻毛榮辱分何不殺賊江之濱一身慷慨酬至尊成則銘吾勳不成成吾仁此義難與凡夫論惟豪傑士勇邁倫命不足貸志必伸當賊未至時散錢千萬緡一家不惜從今貧所願號召白甲淨掃欃槍氛當賊方至時仗刀立斜曛城頭打鼓雷殷殷恨不從天飛下立掩魑魅羣及賊陷城時黑霧塞四垠守陴早星散將士徒紛紛匹夫雖攘臂不能成一軍詛天天無語切齒血滿

齦羣兒竄伏爭閉門此獨開戶如延賓香花百
拜稱羿別家廟呼兒冠帶婦帔裙弱息襁褓一
一顏色新彬然怡然羅跪在堂下與汝輩約無
逡巡僅此片時活且釃酒一尊賊面不可見賊
語不忍聞勿謂草莽非縉紳無名之死不得干
青雲勿謂老耄諸童昏矛炊劍淅尚可延饔飧
人生一死無二死時事至此痛哭胡云云庭前
有甕甕有水水尤淸白絕點塵可以滌妖氛可
以藏英魂甕中自有一天地從吾遊者嬉陽春
衆口一諾正氣直上通九閽餘語嘍啨聞諸鄰

鄰父走勸逢怒瞋有僕有僕竈下來欣欣我能收君三世併命同一墳此時目中並無賊但覺賊中只有幸死無苟存他日 日下須温綸千秋祠祀光榆枌季子嶽嶽天家珍自是 盛朝揚清激濁之 殊恩死者初意盜知孰者爲義士孰者爲忠臣噫吁嘻此何人君不見癸丑二月吾鄉高君渭川及其二子一婦三女孫

丹陽魏冠山州倅占鰲暨其仲子樸甫明經純死事詩

是眞男兒不虛生七尺之軀千秋名是眞男兒

不虛死臣爲忠臣子孝子常人生死權在天非常人則人有權可生之生無苟延可死之死無苟全不見曲阿大小魏世難同歸風凛然方賊陷城時賊騎城中馳惡聲與惡色何可聞見之殺賊固無計駡賊猶有詞殉城父無憾從親兒敢遲只今血碧虎來往雙靈旗帝聞賚良厚祠祀官其後取義成仁此不朽草茅名姓燭山斗當時不乏貴官走東縛妻兒逐牛狗偷生能多幾日生聞斯人風噤無聲偷生不得更得死地下相逢鬼顏泚

題湯貞愍公畫幅爲薛慰農山長作

忠孝家風仙佛心文章有傳在儒林豈知餘事
丹青引一例千秋重碎金

詩中有畫畫中詩也要名山興到時能事從無
章急就十年償諾未爲遲卷中自跋有久未奉報云云

東風此夜硯開冰寶墨花融筆露凝想見香溫
茶熟後兩邊紅袖翦春燈貞愍有詩畫女弟子數人其翹楚曰王月

蹇驢何處逐吟鞭翁醉童嬉滿目前自是江東
全盛日梅花香裏過新年

錦繡江天劫火餘再來門巷半生疏畫圖茅屋

無尋處況問將軍水石居貞愍於金陵之冶城山雞籠山各構別墅並饒佳勝今俱蕪沒

薜公此寶勝琳琅老屋藤花為護藏山長所居日古藤香館休信他年神物化風流凝到顧長康

泊江上

黃葦一江花停舟片月斜艣聲驚菴犬燈影誤林鴉身老難為客天寒更念家不如隄上柳長繫釣人槎

感事

不堪唾罵處流涕一悲歌海客交情重儒家鬼

物多文章成罪案黨禍此風波吾事毫芒甚將
如世運何

月當頭詩八首

霜飈風銛夜氣孤天心冷抱此氷壺年年照徹
人心事抵得西來棒喝無

頂上圓光一鏡磨脫巾幾客醉婆娑老奴恐被
寒簧笑底更年來白髮多

絶頂樓臺倒影難小庭梅樹獨高寒開花有意
横斜去要等姮娥側面看

廣寒宮殿四時春終古扶疏桂一輪倘有風吹

金粟落天花壓帽是何人

乘風更欲訪吳剛直到瓊樓玉宇旁踏穩一微塵世界萬人頭上奏霓裳

風鬟霧鬢掠銀雲碧海青天近十分今夜夜深泥首拜下方人語倘知聞

壯士天山尚枕戈月皚如雪湧金河不知鐵葉兜鍪底燕頷封侯得幾多

舉頭凝盼低頭認此夕清光徧九州星斗四邊無一顧誰從天外更昂頭

送宗山嘯梧奉檄金州公事

人生一鷗鳥海上幾神州行脚不到海其人非
壯游我歸日南外君去天東頭差快平生志身
經萬里流

寒雨甬江東菰蒓客味同論交牛櫪下話別雁
聲中八月方秋水長天況大風放君架吟筆萬
樹海珊紅

海國平安久還防事未來君護戰船木料至瀋陽蓬瀛競
花鳥鮫蜃富樓臺危是何時漏瀾從幾處回此
行憑巨眼君本出羣才

和會稽陶心耘濬宣孝廉見贈原韻

五柳家風氣轢塵結綺亭畔締交新姓名天上金爲字湖海年時玉當新夜盡有書君下酒在試院中君嘗誦漢書竟夕衆中如葉自憐身不成一事狂奴老青眼王郎更幾人

和鄞縣郭晚香傳璞孝廉見贈元韻

曲江潮氣白如銀湧起枚乘綵筆新一代龍門推國士九天鴻羽作秋賓余於丁卯八月既望始交君於吳和甫師杭州學院師稱爲當時第一作者是年君領鄉薦春風去後稀梅使朔雪逢君髯葛巾湖海鬢眉今老甚生平孤負種榴人榴石山房和甫師藏書處也

再贈晚香仍用前韻二首

米作丹砂雪作銀一回世事一回新餘年病起仍湖海幾處嗟來當主賓孺子自修橋下履先生誰折雨中巾此鄉問徧春消息除卻梅花即故人

東風吹起鬢如銀眼界還從歲琯新花市春燈方買夜草堂人日況留賓勞薪又逐如飛舸熱酒難澆有淚巾一語要君三太息最繁華地最寒人

題李小池環游地球圖

地圓九萬里聞者疑其誣病在見太淺匪但布指疏試問地不圓邊際安在乎自從　國初來西法斯權輿近今百餘年乃見全地圖海居地太半平土海之餘可名者萬國一一疆域臚風教有後先生殖固不殊所惜華之人視海為畏途安得眞勇士環海窮步趨李子抱奇氣自奮七尺軀願為地中鵬勿作轅下駒丙子美大會請觀國所無百蠻懷其寶來者繁有徒吾華稱中朝詎可牛耳虛李子實承乏及時效馳驅言自春申江東行乘其桴波瀾極遠空天風吹衣

裾酹酒一長嘯蛟龍遥相呼舟所不通飆連山排以車轔轔欲上騰提與羲輪俱但覺煙霧横甯受塵土污計四萬餘里始至美國都其地與吾華顛倒足合跗我方望扶桑彼已日下晡當彼方午炊則我雞鳴初推遷凡六時對待如一隅勝會既已輟束裝賦歸與若循來時蹤應是西征徂李子惟東行奚慮長途紆朝朝太陽出步步春風蘇東而又東之由粵漸入吳再四萬餘里仍返申江居是知地體圓環轉只一樞視人所向背東西無定區昔往夏之首今歸月在

辜二百六十日如命飛仙鳧想當壯遊時萬國
親見諸洲島而城郭孰者瘠與腴嗜好而風俗
孰者智與愚蟲魚而草木孰者菀與枯佛何必
天竺仙何必方壺槎何必星漢夢何必華胥蜃
何必有樓鮫何必無珠王何必毘騫民何必侏
儒釣何必一鼇樹何必一瑚冰何必非火山何
必不魚古人所可信其語若合符古人所傳疑
其語皆胡盧李子就所見勒之爲成書傳示後
之人庶幾楷與模餘事付圖繪臥遊還起予蒙
於地圓理差能悟其麤是役惜未從執鞭備僕

夫題詩姑妄言李子謂何如

號寒曲

號寒匆號寒號寒向青天司命無大裘太息難爲憐號寒匆號寒號寒驚其羣山雞多修翎從來不相聞號寒匆號寒號寒更苦饑雪田有稻孫欲飽甯不飛號寒匆號寒號寒已無家朔風撼空林破巢時欹斜號寒匆號寒號寒又何心汝猶語成聲不見蟬屢瘖號寒匆號寒號寒無覷無汝猶尾翛翛不見烏畢逋號寒匆號寒號寒寒未央十日九不晴今冬無太陽號寒匆號

寒號寒寒不知但使凍未死陽春有來時

郭晚香招飲即席口占

乍炎天氣可憐宵月殿高寒碧漢遥聽過十洲
春雨覷綠陰門巷總魂消

清淺雙湖水一涯錦帆簫鼓夕陽遲回頭絕憶
青溪曲百隊燈船正此時

鶯鶯燕燕各知名紅燭光中客感生一種歌聲
醉心骨白頭人聽不分明

吳孃清瘦勝梅花難得鄉親住若耶我亦江湖
飄泊慣魚羹菰飯便爲家

三蕉葉酒不勝嘗誰信生平有醉鄉一斗不能能一石臣髡當日更清狂

雪袂風裙幾主賓閒情如水氣如春衆中我最疏慵甚未必花枝不笑人

送陳菱南方伯之米利堅

地豈分中外由來海限之即今王會遠幾處使星馳此去憑旌節流人與護持歡聲若雷動遥想迓君時

一片槎如駛天寬水更寬斯人即舟楫大海不波瀾陸賈南橫劍班超老據鞍勳名從古重莫

作壯遊看

六十自述用五十自述元韻

誰聞日落尚麾戈去過韶華且任佗(借用)劫火餘生身是燼迷津慣哭眼無波自臣之壯鳩嘗拙與世何仇蜮射多我更不如枯樹甚頻年長此命宮磨

側身南望海如杯萬里何堪首重回有約桃花留客住無端蓴菜帶秋來(丁卯在粵辭聘而歸)五侯樓護原非偶七子嵇康最不才鶴背尚餘錢幾許一池荷葉半岑苔

江南從此客恒饑幾日辭家幾日歸鸜鵒能言眞可殺槖駝無翼不知飛石依佛座同香火樹近王門盡錦衣獨我登龍舊聲價如今萍綠竟全非

天風吹我甬東行贏得江湖落魄名白髮賣文尤齒冷朱門乞食要心平雞鳴豈不憂當世鶴性終能累此生身後未應常寂寂摩挲詩卷若爲情

山西婦

山西有一婦出身自清門結縭舊家子兩小早

畢婚時世方清泰鄉里古處敦家教重詩禮伉
儷猶友昆皇天胡不惠甘雨膏久屯六載地不
毛穀貴如瑤琨非時或一食遑計饔與飧家人
半死亡夫婦尚僅存夫行不成步僵臥腹屢捫
婦謀飯其夫誰能憐王孫長物賣略盡截髮甘
自髡買髮未逢人夫體已不溫婦乃投古井願
葬斗水渾旁人拯之起或進粥一盆婦心更慘
惻瘂哭無淚痕嚮冀夫命延妾當伴朝昏夫今
既餓死有食寧能吞縱得日日飽妾命常有根
牀頭逝者誰何以訓舊恩三日絕水漿去去隨

夫魂作鳥作比翼爲花爲合棔豈無重命者乞食隨人奔昨夕夫君前明旦何鄉村紅顏易爲活悠悠難與論

送曾襲侯出洋

江上逢旌節中朝第一流時名謝安石先德武鄉侯許國無回顧彌天此壯遊長風九萬里何止到瀛洲

海外有天地華人紛慕羶花貪佛界土金趁瘴鄉錢求富幾如願寄生嘗可憐遙知望塵者羅拜使車邊

代天宣撫事韓范自權宜成算況　親授豎儒
盜敢知仄聞西學士豔說古經師羶酪窺文教
將無在此時
欲賦從征曲生平壯志灰執鞭誠所願磨盾已
無才白髮餘年淚黃金何處臺舊時門下士如
我至衰頹

日本女

九萬里地飛紅埃何人不趁申江來申江聲價
數誰貴名優名妓喧如雷當其廣場露身手贊
者紛紛不容口偶然熱市一經過多少癡兒車

後走散地金丸處處同圍天錦障家家有有客城東遊笑語歸未休爲言嬉春百尺之高樓東海女兒十五六衆裏亭亭奪人目雖古施嬙盜過之雪膚花貌玲瓏骨欲笑不笑尤嫣然柔歌豈借管與弦手中鈿榼未盈尺四時花木開萬千忽提長刀白於練飛騰直上屏風顛曼聲一閃破空走虹垂電掣落九天君等凡塵少所見眼前失此神仙眷我聞不免心然疑月夜親窺玉山面果然入畫是眞眞排當百戲能通神今之優妓非其倫胡爲飾髮無寶珍氍毹作衣僅

稱身門前雙屐自來去目成心賞殊無人四旁
坐客落落星之晨海東去此幾何里而來寂寞
申江濱吁嗟乎金一斗珠一斛更有蛾眉稱寶
玉一斗金一斛珠寶玉皆當時優妓之有名者如卿只買百銅錢怪
我頻年同碌碌

蘭陵女兒行

將軍既解宣州圍鐃歌一路行如飛行行東至
瀨水上乃營金屋安玉扉步障十重列紈綺流
蘇百結垂珠璣天吳紫鳳貼地滿珊瑚玉樹燈
相輝靈蠵之枓大蠡琖椒花釀熟羊羔肥坐中

貂錦半時貴眼下繁華當世稀道是將軍畢婚禮姬姜舊聘今于歸蘭陵道遠蹇修往春水吳船憑指揮良辰風日最明媚雪消沙暖晴波翠雙橋兒女競歡聲新年梅柳酣春意卓午遥聞鼓吹喧前津已報夫人至將軍含笑下階行衆客無聲環堵侍綵船剛艤將軍門船中之女隼入而猱奔結束雅素謝雕飾神光綽約天人尊若非瑶池陪輦之貴主定是璇宫霄織之帝孫頎身屹以立玉貌慘不温斂袖向衆客來此堂者皆高軒我亦非化外從頭聽我分明言我是

蘭陵官家女世亂人情多險阻一母而兩兄村
舍聊僻處前者氷畦自灌蔬將軍過之屢延佇
提甕還家急閉門曾無一字相爾汝昨來兩材
官金幣溢筐筥謂有赤繩繫我母昔口許茲用
打弉迎期近愼勿拒我兄稍誰何大聲震柱礎
露刃數十輩狼虎紛伴侶一呼遽坌集戶外駭
行旅其勢殊訌訌奮飛難遠舉我如不偕來盡
室驚魂無死所我今已偕來要問將軍此何語
女言縷縷中腸焚突前一手揕將軍一手有劍
欲出且未出我言是眞是假汝耳聞不聞我惟

捉汝姑蘇去中丞臺下陳訴所云云請爲庶人
上達堯舜君古來多少名將鐘鼎留奇芬一切
封侯食邑賜錢賜絹種種國恩外是否聽其刼
掠良閨弱息爲策勳詔書咫尺下五雲萬一我
嫁汝汝意豈不欣不有天子命斷斷不能解此
紛汝如怒我則殺我譬諸幺麽細瑣撲落糞土
一蚤蝨不則我以我劍奪汝命五步之內頸血
立濺青絁裙門外長隄無數野棠樹樹下餘地
明日與築好色將軍墳一生一死速作計奚用
俯首不語局促同斯文將軍平日叱咤雷車殷

兩臂發石無慮千百斤此時面目灰死紋頳如中酒顏熏熏帳下健兒騰惡氛握拳透爪齒齩齦將軍在人手倉猝不得分投鼠斯忌器無計施戈矡將軍左右搖手揮其羣目視衆客似乞片語通殷勤衆客驚甫定前揖女公子聆女公子言怒髮各上指要之將軍心始願不到此求婚固有之篡取敢非理鹵莽不解事罪在使人耳若兩材官者矯命必重箠如今無他言仍送還鄉里將軍親造門肉袒謝萬死敬奉不腆儀堂上佐甘旨事過如煙雲太空本無滓請即回

舟行食言如白水女視衆客笑且顰諸君視我黃口倀彼今大失望野性詎肯馴山魈尋仇讐蓄念愈不仁慨從軍興來戲戲兵殺民殺民當殺賊流毒滋垓垠蘭陵官道上若輩來往頻不在霜之夕則在雨之晨我家數閒屋獵獵原上薪我家數口命慘慘釜內鱗彈指起風波轉眼成灰塵與其種後禍終作銜哀燐閻羅知有無夜臺冤誰伸何如跳九重天必無私綸或竟辣手作公論自有眞明知我此來螳斧當巨輪甯猶計瓦全惜此區區身諸君調停詞蔓甚我弗

遵衆客更前揖請勿變色瞋將軍賀賢名毛羽
夙所珍壹意希儒風裘帶殊恂恂此舉大不韙
一旦傳聞新萬口鳴不平可知詈申申惡聲來
有由欲辨難鼓脣白璧自汚之罔値錢一緡悔
過方不遑恨無障面巾江東諸父老相見慙相
親況敢犯衆怒興戎自婚姻得罪名教盡不復
能爲人斯人非尋常四方戰賊多苦辛大才雖
非管樂匹英風猶是奢頗倫女公子既世家裔
幸爲朝廷寬假熊羆臣他日之事願以百口保
某也官府某也鄉縉紳翕然長跪代請命惟女

公子爲仙爲佛爲天神女知衆客意難拂乃曰我爲諸君屈諸君前說姑置之我與諸君借一物我聞彼有善馬名白魚日行千里猶徐徐我之發蘭陵辭家計已四日餘老母痛哭常倚閭兩兄中庭握手空唏噓若乘此馬歸到家可及今日日落初自今我亦棄敝廬卜鄰別有秦人墟桃花林中奉板輿從兄去讀黃石書武陵隔絕癡兒漁三日五日間我既遷所居秣陵蔣尉祠歸馬其何如將軍此馬不數駛至此惟恐女不去急呼從者牽馬前四足霏霜耳披絮女一

顧此馬眉宇色差豫撒手始釋將軍衣身未及騰鞍已據一聲長謝破空行電掣星流不知處女行數日軍無騷將軍振旅膽氣豪鍾山之旁營周遭賓僚迎拜將軍勞斗酒勸醻新蒲萄釭笳雜奏聲讙呶雲中匹馬塵甚囂清光無恙來滔滔千金一諾券果操將軍迎縶歸其曹馬汗如血長嘶號背上有物臃腫拳曲縱橫束縛三尺高乃是材官當日將去之聘禮封還不失分氂毫聘禮脫盡處蕤葉多一刀刀光搖搖其鋒能吹毛將軍坐此幾日夜睡睡不牢

會稽王孝子詩孝子名繼穀會稽諸生侍父任在鄞學先是父病焚疏請代未遂既而母病復疏於神先自投鄞之月湖死而母病果愈不得謂非純孝之所格也事在光緒六年四月

男兒七尺貴有用致身只在君父間青雲果已位通顯譬如良驥登天閑國士遇以國士報生平自命管樂班方其許國馳驅日感慨不畏時局艱中原鼙鼓絕域節臣有誓死無生還臣家之事置度外生男嫁女皆等閒雖如太眞絕裾去辭親不復歌刀鐶勳名蓋世自有在再造王室摧諸姦以親較君君爲重青史未用多謝訕

若猶伏處在鄉里晨夕菽水歡親顏兒家雖貧
兒志絜白華竊比茅與菅二人以外復何慕方
寸蚤已蕪穢刪親其康彊即兒福親病奚翅兒
恫瘝先是父病困牀蓐桑榆日色黯甚殷兒請
代父神弗許一朝熱淚空雨潛父骨未寒母又
病二豎對峙云亭山泥牛入海百藥盡良醫不
補眞宰恚天之定數誠鐵案儻竟坐視無轉圜
讀書識字乃如此文采麟鳳心豺豻兒於爾日
少人色食仄衣追黑髮須中庭露禱向神語兒
母若死兒罪轘神能聽兒活兒母願以兒命爲

贖鍰兒母所生代母死一息豈敢貪塵寰兒之
此行況甚樂含笑往侍地下鰥阿兄阿弟善事
母但祝至老萊衣斑伏地喑咽焚一紙鏤肝鉥
腎詞迴環夜半既禱亟走出楊柳之渡芙蓉灣
平步有水水有路重泉城府如夙嫺明旦居人
大讙譟屹立水面挺不彎士民萬輩來酹酒灑
作湖水增清潺想見汨羅弔屈子年年笳鼓喧
南蠻兒心既遂豈徒死兒算遺母神甯慳是日
母病即少差慈容漸起從前孱固知至誠神所
佑蒼蒼誰謂隔九關君不見會稽王孝子此風

可以勵懦頑血性勿疑賢者過高山可仰不可攀報親何必非報國由來聖化始閨闈忠臣孝子同不朽 恩綸咫尺光徧爛

謝貞烈女詩

以人問天天不語人欲作鬼鬼不許斯人何人君子女女姓謝氏曰某姑明詩習禮美且都許字某郎妾有夫夫早歲死妾尤少夫生未婚死可弔夫行勿前妾且到願爲雙死同一棺不願獨活摧心肝妾有一尺刀光寒妾手如絲刀則重妾血如泉刀不痛妾骨如鐵刀無用人來奪

刀刀去喉刀入人手妾有頭頭縱可留心不留
妾心不留妾必死及妾未死夫有子不了之事
乃如此子漸長成妾病危是妾地下從夫時天
乎鬼乎今鑒之

題王子獻繼香孝廉天童紀游圖卷

十萬株松樹天童青若何三年甬東住恨未一
經過冷局無游興衰容況病魔山靈應見拒此
老俗塵多

今宵欣讀畫更讀畫中詩一一好林壑斯圖乃
盡之凡君行脚處皆我會心時儻有後游日還

當蠟屐隨

題宗湘文太守愛山臺圖四首

古之名勝地極目半寒煙金谷蘭亭外斯臺今巋然青雲三百尺黃鶴一千年湖海添佳話由來仗後賢（臺在湖州郡治內爲南宋汪亟所建久圮太守始新之）

君家卧游者畫外一山無何似登臺望衆山爲畫圖閒時來拄笏勝客與提壺萬里長風想高空倘一呼

既叱嚴州馭明州節又移馳驅徧吳會治行九重知石是三生契山還一簣爲今看叢菊滿

香到晚秋時太守自嚴州移守寧波郡治西偏舊有假山地廣數畝久廢不治太守誅茅覓徑雜植花木而築草堂其上云
餘事愛山耳仁人自愛民愛民造民福民亦愛
仁人竹馬歡迎處再來情更親太守兩守湖郡只今臺
下路棠蔭有餘春
烈女行紀黃婉梨事
君不見黃婉梨生不甘爲讐人妻虎狼累月相
提攜一夕殺之如殺犬與雞貞魂烈魄雖下地
浩氣上與青天齊 一解 婉梨金陵人儒風舊家
是癸丑陷賊中女生五齡耳有母有弟有兄嫂

全家種菜隱鄉里阿毋教鍼綫阿兄授書史門外汚者塵門內淸如水二解 朝朝盼官兵十有二年久官兵旣收城全家開笑口叩門來一兵狀貌比賊醜搜屋無一錢怒掣刀在手女前跪致詞請以身代毋兵曰不殺汝殺汝全家人汝能飛去否三解 全家被殺時女木立若癡兵徐縛女出鞭馬還怒馳江干檥有船驅女使上之告以歸湘南妻汝汝勿疑四解 女心默自計我死寧有他我固不惜死全家讐則那忍淚向讐語我方身有疴隨汝到汝家嫁汝締蔦蘿今有

同船人男婦數十多汝若苦逼我我惟沈江波不見金家婦汝奈江波何時有金眉姑亦金陵人上船時投江死讐竟帖耳聽不敢相詆訶朝夕敬事女水程累月過五解

水程累月盡舍舟當就陸同舟人各行同行一讐獨女心搖搖撞小鹿此去不知何處宿何日誅讐死瞑目六解

行未數里橫來一人件讐而走甚狎且親數數目女道女美彼此虐謔紛笑瞋女聞無言眉暗顰兩惡男子意不馴我一弱女盜其倫事急惟有死保我金玉身報讐在今夕萬一沈寃伸不報亦今夕銜悲極

千春逆旅急偷閒留詩壁間塵後有讀之者爲我聊酸辛 七解 倚裝幾何時白日暗平楚兩傖羅酒肴燒燭照窗戶呼女陪壺觴教女件歌舞缺音恣號呶時雜鶯燕語逆旅夫何知夜寐各賓主 八解 明日之日日正中房門不啓人無蹤破扃睨視生悲風一男中鴆死口鼻皆青紅一男毒較輕白刃洞在胸一女挂羅巾徧身窮綣窮細讀壁間詩了了陳始終乃知女所爲辣手真從容萬口嘖嘖稱女雄此女毋乃人中龍 九解 噫吁嘻女事雖幸成女心尤慘悽色身餌人

餓虎蹊一日未死憂噬臍欲死不死呼天嘑至誠所動天聽低乃以杯酒爲媒梯仇讐刃畢月末西青溪之水魂歸兮世無血性諸紅閨綺羅金翠眞土泥君不見黃婉梨十解

駱烈女詩

金陵張氏女母遣嫁駱家將女來作婦女較郎年差將婦來作女郎待女及瓜雖非共命鳥已是同根花一解丁丑秋仲月郎病忽大作女年十五餘頗解奉湯藥郎雖不言死女知郎夢惡女雖不言死郎知女心諾二解一朝郎竟死妾

死何旁皇堂前尚有姑妾死還商量姑以郎爲
命郎死妾未亡郎心不忘姑妾身宜代郎三解
姑乃前致詞非婦汝勿守女曰女甘之姑喜不
容口母亦前致詞再嫁女弗醜女曰女胡然母
怒掩耳走四解他日母病聞聞病女乃行行行
至母門母則當門迎連牀疊錦綺大衆歡有聲
女知入羅網霽色了不驚五解含笑語衆人女
事母爲政母盛不愛女擇壻想已定召女庸何
傷不祥乃稱病請歸一辭姑明日惟母命六解
脫身歸至家姑前陽陽然夜半結縞帶搶地呼

青天無郎妾何戀無妾姑可憐兩全今未能妾從郎九泉七解孟冬旬二日女化若仙舉母方哭女來女魂慘慘欲語強嫁恩已斷茲來哭何許作詩竊史權書之駱烈女八解

題王子獻孝廉硯銘

相石如相士無言通以神平生青眼裏希世幾殊珍但願壽千古休論價萬緡多金買田者不是草玄人

各有三生福全收鐵網珊物常歸所好人不厭相看昔我端州住其年秋水寒空山誰對語一

片石都難壬戌之秋余客肇慶值水患不能采石歸時僅載一硯猶中材云

爲人題羅浮香夢圖有調

花滿空山露滿衣天風環珮是邪非若無青鳥
殷勤喚如此銷魂定不歸

自是無郎獨處時早春風月惹相思一從嫁與
孤山後倚樹酣眠更有誰

我傍羅浮幾泛槎塵容無分伴煙霞休論枕上
春婆夢醒眼何曾見一花

有客南枝感夙因莊周胡蝶比前身今生化作
梅花去料理他生化美人

秦淮雜詩十首

燈火秦淮舊有涯而今畫舫盡東移荒城野水仇家渡也似人生得意時前明燈舫以東西水關爲十里秦淮載諸板橋雜記甚明及余少時所見西關不能如明時之盛惟自東水關至文德橋而止數十年無少異今則東關迤西漸無人迹而船市東聚於仇家渡且駸駸乎入大中橋矣

煙月城南路幾條更無人問往來潮釣魚巷裏春如海便抵當年長板橋板橋雜記謂明季歌姬舊院爲最次則舊內次則珠市其後舊院少衰與貢院前牛市鼎峙而三無所軒輊而東西釣魚巷次之賊亂以前大致如此今則冶遊所趨惟釣魚巷爲煙花淵藪他無聞焉

南朝閒煞好樓臺盡買揚州芍藥栽料得二分

明月色一齊收拾過江來髮賊之亂金陵歌姬雲散冀羣一空今之粉白黛綠望衡對宇者大抵自揚州而來前後凡數十百輩竹西歌吹其盡於此乎否乎

桃葉渡頭春不歸重來風景更全非琵琶商婦皆黃土賸有年年燕子飛壬申癸酉之間有撰白門新柳記者尚附載金陵舊姬數人列之衰柳以志餘慕十年以來之數人者又俱老死而北里名姝今遂無一土著輕煙淡粉之風流於是掃地盡矣

東舫西船面面鄰煙花原是一家春近來都愛樓居好落得藏嬌各避人舊時燈舫不施屏障而客與諸姬從無同舟者風露涼宵萬花齊放煙水離合相望而不相從所以稱雅遊也今則船上皆安高樓大可容十數人嬲聚而嬉招搖過市不足爲外人道矣

玉笛聲中寫豔情幾人心醉不分明白頭爲是開元曲也向樽前百感生金陵諸姬小調尤勝雖靡靡鄭衛而柔絃脆管儘得樂府之遺今則盛稱裏下河調間有一二能歌舊曲者聞之黯然

美人頭上幾花枝羞綰黄金縷縷絲數一枝花一杯酒昔年臣醉欲狂時舊時諸姬夏日晚妝後皆結抹麗爲流蘇簪之可數百朶香風四流不御鈿羽今則無此妝飾金斜玉横至不見鬢鬪靡而已

泠泠風月夜濃時少卻青天筆一枝絕憶繁星千萬點塔燈光滿月牙池縣學面秦淮爲泮池故有月牙池之名報恩寺塔雄峙池右高數十丈時人謂之文筆環塔有燈不數數點點時則斯池獨有倒影泛舟者必聚觀之今塔燬於賊

幾多金粉水雲鄉蔣妹祠前碧草荒寄語曇雲諸弟子青溪居處更無郎賊平之後金陵女尼最夥故三山二水之間新築尼庵相望於道而小姑祠之在淮青橋畔小菴者蕪蔓已久若輩盍葺而居之其名甚正青溪香火未必不勝於南海經魚也

舊京喬木久傷心丞相空拌種樹金滿地夕陽無障處至今一柳不成陰舊時秦淮兩岸百步數十步之間必有大樹一二株泛舟者隨意繫纜流連嘉蔭往往終日自賊來全燬之曾文正公前後三督兩江凡命補種柳樹者數矣所費不貲而奉行不善朽株淺蒔不遂生意至今無一柳焉

失題

藼是宜男草兒爲證果人何知兒墮地翻累草

長春渺渺重泉夜依依孤露身可憐頭已白從不識慈親

滄海風吹水平生夢幾回神山尋路到仙姥自天來空有霞爲帔還傾露滿杯始知蔆未隕佛地正花開

丹徒包明經室嚴孺人割臂圖

鳥曷貴有鶼魚曷貴有鰈郎身重千金妾命薄一葉郎今病何憂何不移病妾切切呼問天高高天不答 一解 郎病郎且死妾豈有力能回天郎死妾俱死此事在妾天無權郎或不死未可

知妾雖百死夫何辭妾臂上有肉妾爲郎醫之
二解 夜深無人獨拜當戶罏香上雲樽酒澆土
紅燭雙行白鐵尺許郎生郎死在此一舉衆嘘
欲絕暗泣零雨 三解 袒臂直前奏刀嫠然血濺
濺湧泉肉團團割緜連肩帶肘妾不知但覺雪
肌冰理刃過無留遲 四解 急將一臠肉投之百
沸湯傾之碧玉甕兩手戰戰持向郎 五解 郎僵
臥若蠶惟鬼語諵諵方半醒半酣扶郎就郎口
郎飲之而甘 六解 郎腹隆隆鳴郎汗瀼瀼出遲
明與郎語清響勝昨日三日餐有加五日杖繞

室七日召賓朋十日病若失七解可知從前疏郎非必死病昌陽與豨苓醫者違其性豈眞肉有神妾乃奪郎命郎命不當絕妾乃得天幸八解郎體日以安妾傷日以重當時未爲苦痛定則知痛人前倦談笑寂處成醉夢九解眠食頓減憊甚尫厭厭一息僅在牀姊妹代澣沐始見在臂椀口一巨創血肉尚狼藉筋骨大傴強膚革焦爛多黑黃斑斑爛爛羅衣裳臧獲奔告相驚惶郎來視之雙淚汪乃知前夕之夕服此湯今日之日更無續命方雖復割臂難爲償紅顏

少婦爲誰死男兒能勿摧肝腸十解郎心姑勿悲妾病殆不起妾有一言告夫子人生偕老雖百年斷無一日同死理妾之先郎行妾命自短耳割臂世常有顧妾獨至此即無割臂事時至妾亦死郎生長未央妾死樂爲鬼更願黃泉相見遲從此妾心大歡喜十一解

乙酉上元時寓滬上

海上方多事新年又上元煙花六街滿兒女萬家喧作客無佳節憂時有罪言餘生衰病甚何處問桃源

秋蟪吟館詩鈔卷七終

秋蟲吟館詩鈔卷五 撫府陽十一郎心猶勿

悲妾病殆不起妾有言告夫子人生偕老難

百年斷無一日同死理妾先郎行妾命自短

耳割臂世常有顧妾獨至此郎無刲股肉

妾亦死郎生長未央妾死樂為鬼更願黃泉待

見郎從此妾心大歡喜

乙酉上元時寓滬上

海上方多事新年又上元煙花大街滿兒女

象喈作客無佳節憂時有鄙言餘生憂家國

處問桃源

跋

近人之言詩者亟稱鄭子尹鄭子尹子尹蓋頗經喪亂其託意命詞又合少陵次山昌黎鎔鑄而變化之故不同乎尋常之爲詩也上元金君仍珠以其

尊人亞匏先生遺詩刊本見惠讀之彷彿向者之讀子尹之詩也至癸丑甲寅間作則一種沈痛慘澹陰黑氣象非子尹之詩所有矣夫舉家陷身豺虎之穴謀與官軍應不濟萬死一生遲之又久僅而次第得脫豈獨子尹所未經抑少

陵所未經矣經此危苦而不死豈乏之其人不死而又能詩且能爲沈痛慘澹陰黑逼肖此危苦之詩無其人也先生與子尹同時子尹名早著然知子尹之詩不知先生之詩欲不謂之貴耳而賤目也豈可得邪乙卯人日侯官陳衍書于京師

謹案　先君詩集粵匪亂後所作自題曰秋蟪
吟館詩鈔捐館以後丹陽束季符先生允泰垂
念金石至契力圖傳播屬仁和譚仲脩先生獻
選成一本於光緒壬辰序刊杭州用　先君自
署詞稿之名題曰來雲閣詩板存金陵書局經
辛亥癸丑兩次兵事不可蹤跡嗣還與家兄遺
商定仍用秋蟪吟館詩鈔舊題覆印東本加入
詞稿文稿以活字板排行以餉世之欲讀先人
遺著者時與新會梁任公啟超同客京師承於
先集有詩史之目詳加釐訂復以紀事鉅篇譚

選尚有未盡加入數首屬還付手民精刻并許刻後覆勘會梁君南返不果還敬撿手稿及東本校讀并就仁和吳伯宛昌綬長洲章式之鈺一再商榷是爲今七卷本告成有日用志顛末

丙辰五月第二男還敬記

秋蟪吟館詩鈔八卷（卷一——二）

（清）金和 撰

稿本

乙卯二月新會梁啓超校讀

蘭成北聘詞多苦，子美西游詩益奇。翦燭樓頭忽棖觸，鍾山講舍論文時。

比過滬瀆，上亞乾自江北來，取道之粵，出是集見示，挑鐙披覽，不能不憶及十四年前情事。然後身常別離，今昔之感耶？而亞乾詩學則大進矣。噫！戊辰年冬日[illegible]識

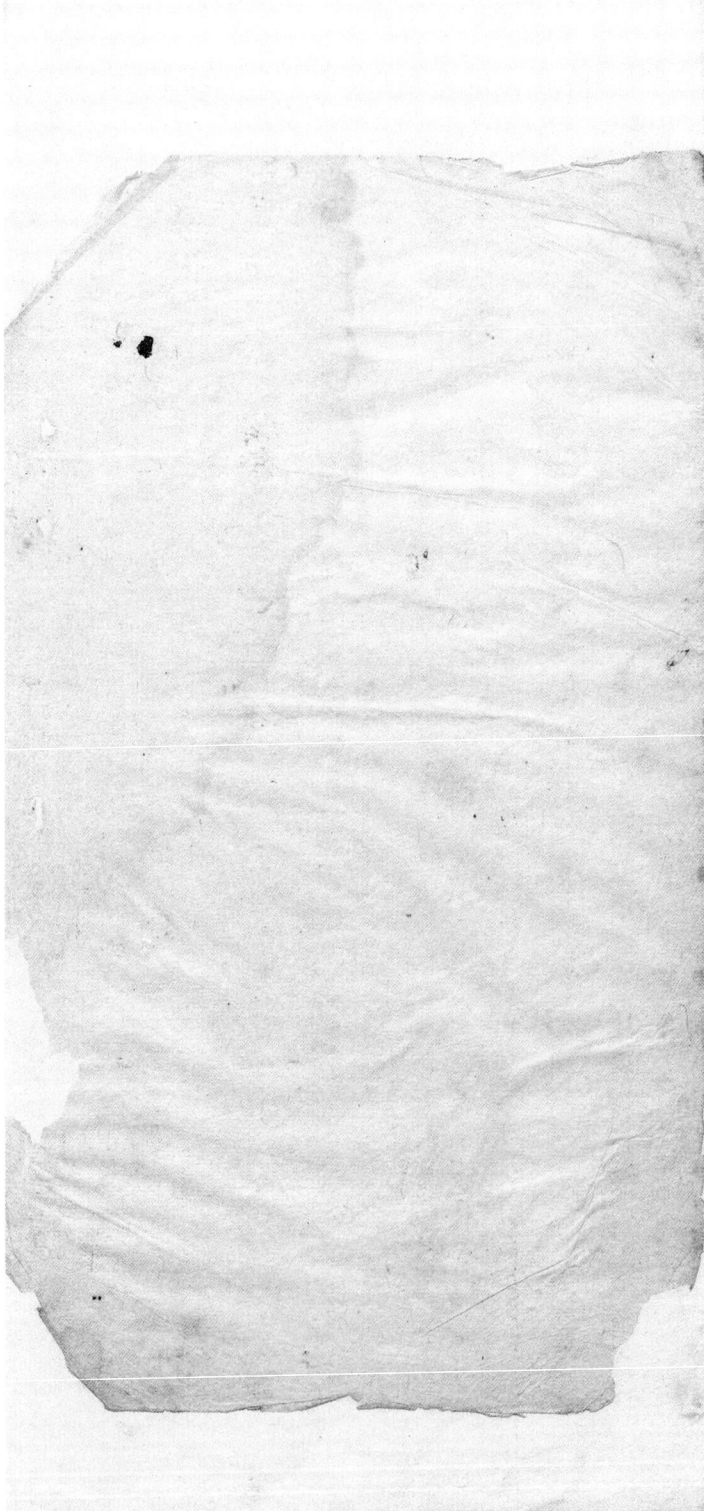

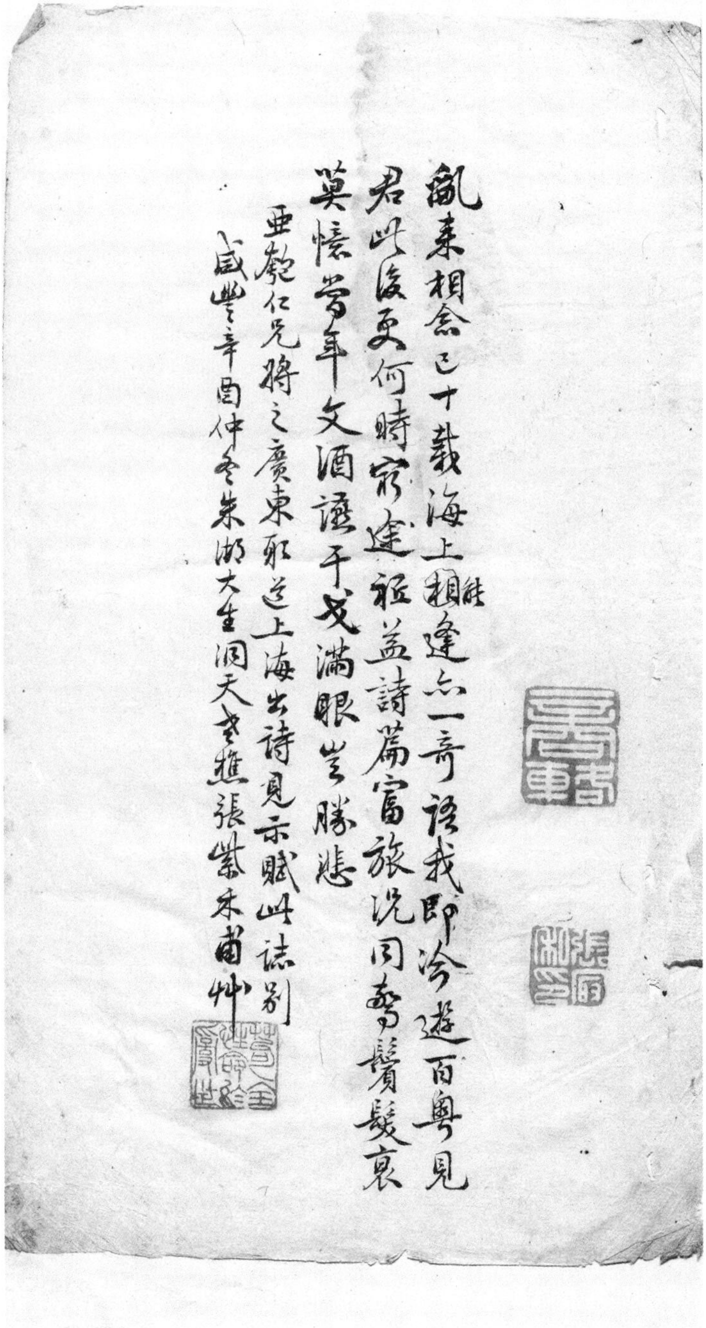

亂來相念已十載海上難逢亦一奇語我即吟遊百粵見
君此後更何時客途經益詩篇富旅況同驚鬢髮衰
莫悵當年文酒讌干戈滿眼豈勝悲
亞歐仁兄將之廣東取道上海出詩見示賦此誌別
咸豐辛酉仲冬朱湖大生洞天書進張紫來甫艸

秋蟪吟館詩鈔卷一

上元金和亞匏

然灰集

余存詩斷自戊戌凡十有年至壬子得詩二千首有奇癸丑陷賊後倉黃伺間僅以身免敝衣徒跣不將一字流離奔走神智頓衰舊時肄業所及每一傾想都如隔世而況此自率胸肊之詞乎顧以平生結習酒邊枕上或復記憶一二輒録出之然皆寥寥短章觀聽易盡其在閎裁鉅製雖偶有還珠大氐敗鱗殘羽情事已遠歌泣俱非欲續鳧脛

祇添它足而已故不敢為也久之亦得若干首普韓安國之言曰死灰不能復然乎余今之寵余詩則既然之矣知不足當大雅柳聊自奉也因名之曰然灰集

五言古

襍詩之一

瀚海路雖廣其為東西〔南北〕岸必有地在焉人自望而歎恠河沙雖多其為億億萬必有數在焉人自短於算所貴為其難大力解疑惲盟以金石心百歲如一旦縱無速化期所得亦過半世有真勇者當不謂河漢

余舊詠始皇有句云功罪一家都是火益焚山澤
政焚書兄荷生聞之曰政非益子孫也復作長
篇解之
唐虞有五臣出身皆草莽上帝監其德迭后天下獎益
為皋陶子嬴姓大功兩姬籙既漸衰秦受命如響用兵
數百年戮力作君長六王已鯨呑乃忽設奇想欲盡愚
黔首默〻聽刑賞畢收前聖書一炬入羅網諸儒枉阬
之冤魄訴泉壤禹湯文周孔怒排閶闔上翩然來帝旁
乞罪意鞅〻謂彼無道秦流毒及吾黨帝顧益曰吁禍
實自女昉當時烈山澤火官女所掌子孫竊餘燄敢作

此魍魎謚拜手對曰臣宗久被攘今茲虐者政遺體是
奸䮈春秋典臣祀非類臣不享帝儻降之罰請以龍旌
往赫赫赤帝子火雲起芒碭

送葉生之廣西

諸葛垂大名小心僅自許唾面必拭之婁公恕其語由
來謙与謹君子擇所處生今初出門萬里通縞紵詩書
家教寔少小富才譜至大紕繆与世甘齟齬所恐氣
太盛隨事作豪舉羣兒齾齺多揮叱本易与坐此膽愈
麤一旦賢者拒相輕不相下乃以傲名汝戒雖懲覆車
謀已屢越俎徒令夔憐蚿何曾屨負距慎哉心貴平矜

躁萌務去但使交遊閙人人如飲醑方寸清不清直節臺消沮匪曰常畏人而為廁中鼠匪曰以柔全而為市門女

卓文君曲

生是相如妻紅顏絶天下猶在卓家居胡然鵲巳寡許嫁失所天望玉無瑕也堂前有客來上國最都雅夜半通殷勤作計聊茍且要之聽琴心早自惜佳冶儻使翁相攸嬌娃貯以冗不過程鄭流斯文亦云假詎之題橋才誰能蹇修着十七上頭時如燕擇華廈寄聲慰王孫何事汗顏赭他年賣酒來壚邊自傳覺夫婿最貧賤犢

鼻不擠踝多少輕薄兒可聞負司馬豈有美文君兩愧
羅敷姐未執故夫手何從淚盈把

楊妃曲

妾生是庶人君王强來聘道妾顔如花由來朕妾命妾
從事君王未改女兒性封妾為貴妃敕乞后名正君王
雖多情殊寵到妝鏡霓裳教妾舞荔枝醫妾病愛之後
宮事豈害國朝盛至若外廷荒君王自亂政姊妹凡三
人韓虢秦大姓異族兒國忠遂盜丞相柄范陽阿犖山
一旦鼙鼓競更与妾何關野心本梟獍乃謂妾禍水殺
妾禍始禜馬嵬泣冤魂四海且交慶地下有一言拜奏

三郎敬從諫章轉圜天子最明聖儻或施餘恩不忍妄
死橫借閫陳將軍可能肅軍令抑將血乘輿驪山倒戈
竟

題陽湖孫竹庲廷鐻詩槀

盡數寫六書只此數萬字中所不熟習十復得三四循
環堆垛之文章畢能事茍可聯貫者古人肎唾棄而以
遺後人使得逞研秘操觚及今日談亦何容易乃有真
壯夫於此獨攘臂萬卷讀破後一一勘同異更從古人
前混沌闢新意甘使心血枯百戰不退避一家言既成
試質鄉環地必有天上語古人所未至觀君生平詩將

無持此議奇想入非〻奏當卽老吏古人見亦驚不盡
鬪腹笥彼抱竊疾着出聲令人睡何不指六經而曰公
家器

、樸園看牡丹

春風消殘寒凡卉香早隕輕雲薄日中牡丹俊難忍盡
力媚東皇怒發徧芳野豔色欲騰空樓臺復起蜃但論
富貴姿蘭菊自才窘此時遊客喧十里走油軿往〻東
燭行韶華催恐緊寶帳開瓊筵賓廚足櫻筍四壁爭題
詩絲毫月邊吮授簡及仲宣予敢謝不敏含意對花影
未免惜其蠢肥婢雖解語黃金買虛牝蒲萄苦不澀合

授太原尹我今為此花此例或可引綠章奏天女狂言儻曲允願畧減豐肌大以半開準請下三百拜石酒立飲盡更乞封真王五色貢珠楯座上錦衣人將無背燈哂

贈楊鴻卿子新

治病如治國政便風乃暢勿束若溼薪而挾以冬纊庶幾恩所馴弱者神不喪解此以用藥良醫即良相治病如治兵計決聲乃壯勿待設三覆而急駕兩廣庶幾威所震彊者志不抗解此以用藥良醫即良將我雖不知醫此語或非妄昔惟石麓翁每洞見腑臟鏡懸無遁情

到必立懲創次則石年子亦辨膏肓尚斟酌淺与突引
之衢尊釀操術不甚同兩人周瑜亮所惜無長生先後
神僊葬自餘鬔鬛着言大力弗償大氐志衣食虛名得
真浪君好古文章餘事岐扁訪既傳家教多更負夙慧
況善讀雷丸名妙解蘿蔔唱或以意為之胷受古人誑
奇想縱非々奪命豈嫖叔自從肺附來羸體得保障頗
已呼陽春應手總無恙要非盤而錯尚未識心匠去年
婦產難子欲与母妨四日始免身半步即墟壙其時方
奇寒鑪竈不足仗禍根坐此突積血憑氣張邪魔更乘
虛喘々怪鼓盪歧中又有歧作病日千狀呻吟意都慵

待死臥紙帳有魂栽如綫儼將不從庛諸醫各獻技手
粹膳敢放陳々語相同萬都無一當叩門乞君來在三
月既望徧問諸醫方大笑天屢仰畫撥浮雲談乃寬金
丹餉一投痛始蘇再投色已王三投衣脫綿四投飯加
益如過大庭庫極火燒其藏如觀瓠子河大風捲其漲
如登珠崖山烈日銷其瘴前後兩句間披靡藥所向陽
陽平常如忽々痼疾忘始知能者能十全都上上於古
將相才君定不多讓用此活世人陰德胡可量我謀酬
君資家貧物無長歌詩聊贈君君樂聞焉儻

、棄婦篇

威鳳不逐凰文鴛不辭鴦如何人間世乃有棄婦郎妾
初嫁郎時妾年才十六郎眷妾如花妾倚郎如玉郎貧
妾工織郎病妾解醫郎飲妾貰酒郎讀妾寫詩妾是草
下泥郎是泥中草自為郎心堅不關妾貌好秋雲上郎
面秋風生郎懷郎意妾知之勸迎阿妹來妾恐郎不歡
事妹如大婦郎怒妾無禮事妹如慈母阿妹喜膏沐妾
進黄金釵阿妹倦鍼線妾贈紅羅襪阿妹善事郎願郎
勿瞋妾郎身重如金妾命薄於葉郎尋遊京師妾与阿
妹居五月使人來有迎阿妹書聞郎捷南宮水部官已
貴妾辦阿妹裝十日不曾睡阿妹遠隨郎豈有臥病姑

姑病頗憶兒妾勞當代夫朝調姑飴餳夕煮姑湯藥姑生縫衣裳姑死備棺槨姑死無一人姑死無一錢家信斷已久阿妹行四年手寫姑遺言辛苦寄郎處郎將阿妹歸逐妾出門去郎親与妾語昔是姑在時如今姑已死留妾復何為妾恩郎舊恩願与爨婢齒郎知妾無家欲妾為匃死回頭哭向郎阿妹与妾殊阿妹似欲哭莫亦疑郎無

花朝孫竹廉全椒吴次山西賡招飲青溪酒樓大醉明日呈二君兼調含山慶子元光亨

百無一勝人与酒作生活長貧吟亦嬾乘醉或塗抹昨

夕歸閑門巾服已先脫壺酒雖日設局促在閨闥忽飛片紙來卒讀胸宇豁向婦喜欲顛去如箭辭括酒旗遥招人入坐燭未跋一升纔解饞三升愈流沫五升浣俗塵勢乃不可遏腸輪与眉鎖一一化轇轕四旁初無人狂語任歕潑須臾月漸上暮雲墨暫撥靈娥色最媚愛極不忍喝獨恨天太寒冰雪肩勝態緋杏斂笑柎黛栁尚覺桥春風御着誰呼之合鞭撻安得羯鼓催唐皇妙旋斡此時飲尤豪銀漢巨鯨鱍興盡方還家倒提竹燈籠天忽作急雨菜園泥滑澾行人顛倉皇我頓呼咄〻今日花生辰芳信定上達或着江以南東帝舍偶茇列

僊辦供帳琪果隨意捋蒿酒頗不醇新釀等粗糲既進
上壽觴帝意病其辞香案怒一推下界流澌々輕雷故
驅馳罟助帝呵咀諸君試覷之撲鼻尚餘猷儻許乞涓
滴我欲拾而掇諸君知我醉窘步扶雙蹇入室紛喧譁
纔知反著襏老母促我睡默々婦處嬾本來米汁禪有
此醉菩薩不知何人言逆耳强相聒謂酒能戕生代女
心震怛伐腦餘黄膠潤吻無紫萵他時悔則晚何如愛
早割我道窮愁中萬事付茅芃鳳癡嚇避鴟虬困謅任
嬾放眼緇塵迷蜀冷不勝虀惟与麴生交此慶同釋褐
吾師劉伯倫墮地受衣鉢區々歡伯歡胡然更抹撥勞

薪擔方重酒詎能夭閼況吾生百年駒隙竊身秣有如
生且病中歲患消渴有如病且老晚飯不盈撮有如老
且死黃泉悲道暍雖復酒如澠何關我毫末及此來日
長敢不自振拔諸君如達觀酒泉勿壅堨寄聲大戶人
量常海樣闊不信溫柔鄉輕把醉鄉奪子元自納姬後屢辭客飲是夕招之又不至

正月二十九日作

去年冬不寒朔雪斟飛絮斗水值三錢青溪盡泥淤老
農防旱荒方抱無麥慮誰知元日來雨師忽叱馭愁霖
兼三旬紅日不掌曙有時襍雹珠霆更北風助敵裘都

失温酒爐苦蹲踞弱柳欲吐金縷〻挂冰筋菜畦撥凍
泥迸芽未可茹鶯澀偶一啼衣薄詎敢翦江南好風月
不知在何處奏章問東皇底事耐冷署天上儻春多於
意更不怨韶光雖九十一月太息遠頗似我生平少壯
愁中去

〻止酒篇

曾讀古酒字古文酒作酉後人加水旁有水遂無酒我
生實知音酒獨許我友狂時或一石興盡尚一斗前夕
悔中之明日又濡首少壯窮愁中可謂交耐久誰料近
今來顛躓乃時有每〻沈酣餘作惡頻欲歐泛溢臍膈

閒叩腹如叩缶醫言此酒毒穀病貴犇手斯言何必然
不意閨諸婦醉鄉生把持嘵嘵驚老母舉觴勸罷休㨿
責實苦口我心要未免惜酒此名醜古之達觀人大半
与酒厚淵明伯倫輩何必非老叟未聞酒敗盟豈丢我
而負況酒性燥烈致疾胡獨否反以陰淫論藏府等木
朽平情斷斯獄當尔水之咎安得十陽鳥偏曝窮蛙腹
則江河流東化醇醪竭我輩更益百年壽

喜晴詩 戊申七月

熱塵十里驕紅日如火照道旁扶杖翁吃吃仰天笑長
揖前致詞炎官威稜峭苦者乃人情笑豈意所料將無

欲獻曝寶此神山曜老翁為我言此鄉水田繞比來廿
餘年七次水災弔歲歉大無禾官符趹租調餓夫路相
屬稾葬襍老少民居多傾頹瓦木飄且搖昔時金屋華
半作野原燎江東夙繁富長貧忽難療今年山泉急蛟
龍怒尾掉江流從東來瓜蔓潮更剩濤頭萬丈高登城
駭臨眺況兼淫雨傷朝朝拙鳩叫天低晝亦昏瀰漫無
一竅欲撥雲網開風伯不可召惟有雷車聲時遣電火
燆大助陽侯虐水波愈狂嘯頗聞市中賈新價已昂糶
倘再三日雨屋角將擊漂倘再五日雨長街將垂釣倘再
十日雨廣野將飛艫峻壤潰隄防高樹沒蘿蔦嗟彼荷

鋤人術講齊民要秋疇粒粟無草食寬藜藿乞米沿門
行市義誰焚約坐此縈款歔霽色望雲嶠何幸青天青
一旦發光耀檐鳥都歡聲能無喜欲趂不則迎涼時新
雨來亦妙畏日翻憂之真宜褦襶誚

顔魯公放生池褱古 有序

城西烏龍潭有顔魯公放生池古道其實非魯
公之池乃唐肅宗乾元二年遣左驍衛右郎將
史元琮中使張庭玉奉詔特置之池也時魯公
方為昇州刺史嘗撰天下放生池碑銘後人猥
屬之魯公耳然斯地之為唐池亦有不可盡信

者即以公碑證之公碑序有云始於洋州之興道泉山南劍南黔中荊南嶺南江西浙西諸道汔於昇州之江寧秦淮太平橋臨江帶郭上下五里各置放生池凡八十一所則在江寧者不過一所第所謂太平橋上下五里者今已不可確指而宋淳熙間史志道因舊放生池為府學泮水而移置放生池於青溪之梁江總持故宅建閣於其上則唐池已久非其舊且盡湮矣何從知此地獨為唐池況復於潭側起放生庵祀公直謂為魯公之池乎惟是古跡半蕪登臨或

廢烏龍潭今在城內者在城外於臨江帶郭之
言畧符意者實與唐池相近不妨姑存陳迹以
寄幽褱自明正統間奄人置壇應觀於斯地至
國朝康熙二十二年道士居仙極盡沈歷年
禁碑迹亦幾廢乾隆八年雖經邑人重修公庵
而潭中菱藕縱橫固非遊泳長生之域已
乾元歲己亥帝廣好生澤鱗介跂喙儔遵地皆窟宅德
音布天下朝貴董其役昇州池五里水族少驚魄是時
方多事中原鼙鼓劇慶緒勢雖蹙思明命猶逆兵車日
黠行居者惟老瘠壯士別無家一去鄉里隔枕弋已四

年白骨等山積租錢急轉輸官吏如火迫田畝尚征苗

舊籍必盈額下及鹽鐵稅亦復隸軍册戶口久繁盛生

計欵窘窄何不沛殊恩煦嫗及蒼赤而乃謀放生物命

獨先惜古蹟無故殺頤養味頗擇除葷起佛宗巫祝稱

嘖嘖靈武即位後帝有鬼神癖將無乎章璵獻媚建此

策蠢動雖長生郅治究何益魯公忠義人小失難弗責

借事頌皇仁律詞勒樂石詎知耳食者遂謂公遺迹祇

今西北隅尚引遊勝客我來停遊蹤春水正盈尺錦鱗

吹落花漁網時向夕惟見小荷錢不亞後湖碧後湖即真武湖

宋天禧四年嘗改為放生池今亦廢為訪舊時碑斜陽紅脈脈

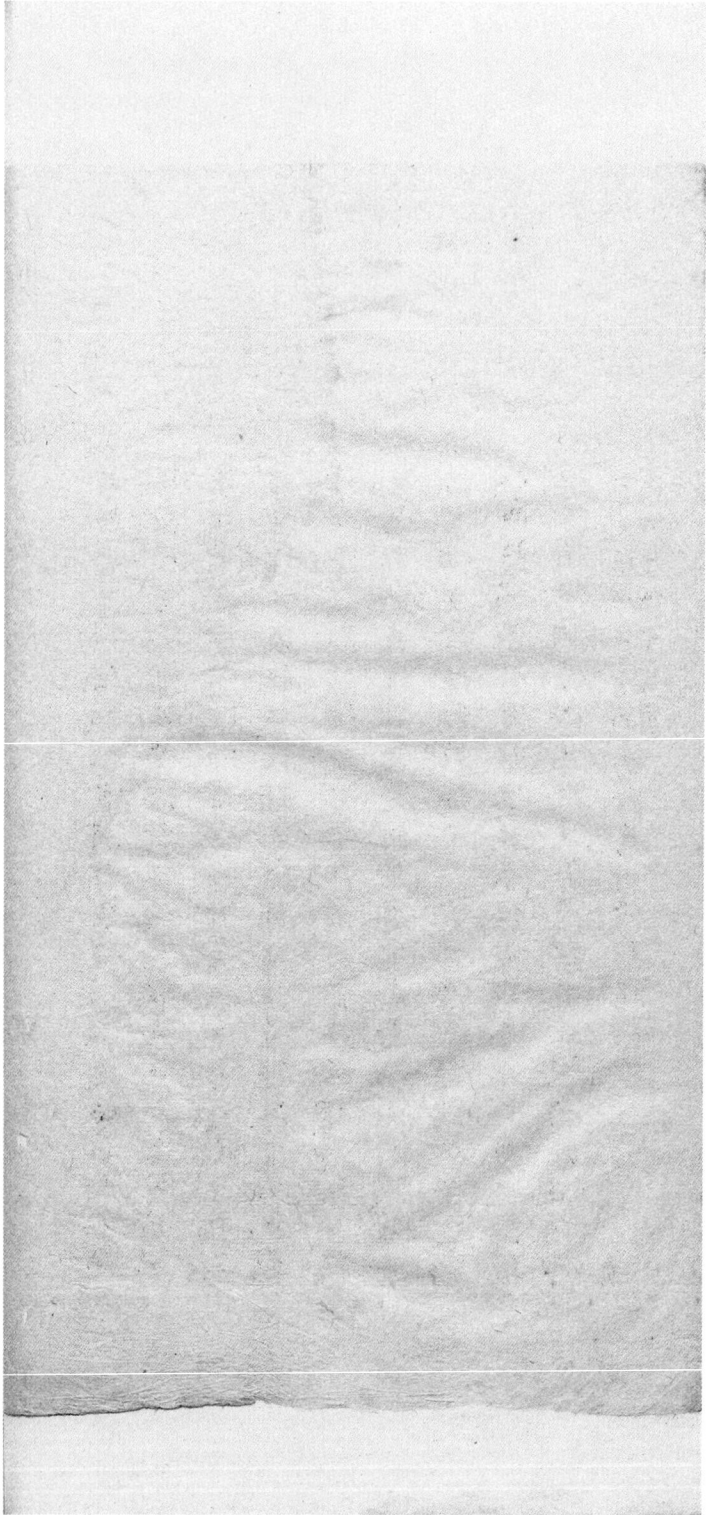

七言古

、題兄荷生襍詩後

先生姑妄言之耳如古所云則謬矣六合以外千秋前
安在奇聞不如此賢姦萬輩冤獄多一二大畧在青史
鑠金夔玉歧中歧誰能曲折寫諸紙苟有得於當日情
欲浚黃泉問枯鬼至於淫滲氣所鍾百怪甘人角而齒
禹鼎一一雖鑄之腥臊肝腸恐未死其間亦各能語言
但吾不及解而已悲來忽作荒唐詞哭向蒼天眼無水
欲將此意振聾聵先生听然笑曰止

蘆花衣

有蘆有蘆在江之濱有蘆有蘆在兒之身蘆花蘆花兮
衣未寒母賜兒衣母恩如山儻是蘆花衣也無兒行履
霜骨已枯

瀨水金

瀨水寒上有麥飯一簞瀨水突中有千兩黄金金子金
兮投女瀨水贈奇女子女子生平最知己路上相逢為
我死投金敢謂報前恩謂我如今果活耳

紫荊樹

兄弟散紫荊爛兄弟合紫荊活紫荊紫荊兮有神意竟
輿人家兄弟事春風徧地紫荊花榮枯爭不似他家

十足絹

一足絹臣所愛十足絹臣所愧絹兮絹兮顔色好十足賜臣何太少臣受絹歸臣羅溪堂前有客至十萬斤黄金

丹陽舟

朝遊丹陽江丹陽之江使人愁暮遊丹陽江丹陽之江使人憂一旦忽逢戴麥舟舟兮舟兮今贈客矣舟麥有時盡客貧亦未已客再貧時非范公兒慷慨着誰

燈籠錦

芙蓉錦太綠海棠錦太紅不如織錦成燈籠錦兮錦兮

來路遠送與深宮舞春晚如今入宮拜昭儀不是那裏
同居時故人新貴矣那容錯投贈縞紵雖輕相公罪證

落花歎

花魂逐風行香去紅猶在吹落綠池塘盡力作姿態誰
家別塢有花開今日夕陽人不來

送春詞

鄰家姊妹留春住兒家日日催春去起來醉酒楊花中
暗彈珠淚隨東風但憑一路鵑聲裏送春直過黃河水
替兒夫壻脫寒衣明年莫在人前歸

鄰園海棠盡落

從花半開到半落狂奴日日花前醉誰知一夜夢魂中
花神早負三生約曉來門巷皆紅泥黃鶯啄斷金鈴索
倚闌今日覺微寒為是春陰尤寂寞沈沈綠葉自無言
此事未關風雨惡若使朱顏不命薄人無愁時那知樂

題續溪方石湖鍾按劍圖

丈夫按劍未一言怒已有聲到牙齒世無血性雌男兒
搶地自知罪當死回頭大笑不屑殺若輩人間雞犬耳
佞臣舌與貪臣頭乃欲上書奏　天子時乎未來且飲
酒君少而狂氣如此只今白髮漸星星早已中年襟悲
喜鄉里庸奴俳諧之誰信酣歌舊燕市屠沽此劍復何

用鐵鏽成花鋒鈍矣我生雖後君十年綺歲才名去如
水棄書敢說俠腸熱紅塵誰為刺窮鬼見君此圖欲一
鳴如今吳越兵方起封侯骨相儻無種更与君摩滄海
疊（己亥之冬君嘗假職守舟山百日[illegible]又不琦矣）

詠史之三

張儀始見蘇君時堂下草具不敢辭儀無能為亦可知
如何入秦自縱之說哉說哉此張到感恩請用不言報
蘇君既死儀尚生前日之短一時暴世無王者[illegible]姑合從
於六國時厥[差]有功橫人實滅六國耳傾險誰謂儀秦同
蘇君惡聲靡不有我道蘇君乃自取當年何不拔其舌

詐者猶能相秦否
王孫鍾室曰冤哉陳豨私語何從來當時架空造此獄
酇侯呂后實禍胎沛公臟已高野雞終篡漢故知絳灌
易与耳留侯曲逆尤黨亂孤忠獨有此少年必誅産祿
首爲難功臣各就封第一蕭先曹國士無雙由我薦今
獨王楚功尤高雲夢之禽未快意所忌不殺非云豪內
外畏其才淮陰不活矣歌風更有將ゝ者聞之且憐亦
且喜藉告天下士莫恨無知己有知己所以死
癡人乃說商山碑謂是惠帝書賜之至竟四皓其人誰
曰無其人亦武斷曰有其人胡事漢大氐有其人來者

則非真留侯僞飾四老者教以言語欺其君高祖本無
廢盈意見此衣冠尤短氣殿前指示戚夫人聊塞夜來
酒邊淚如意既不立四老歸釣屠呂雉感其恩厚賜無
時無否則殺之以滅口陳平陰禍亦有餘

陳忠愍公死事詩公諱化成福建人官江南提督壬寅五月英夷吳淞江公死之

千弩萬礮敵火急火光照海海水赤將軍一人當火立
衆人爭請將軍行將軍竟行誰守城棄城而去何顏生
此時欲戰士皆潰敵則能進不能退除死以外更無計
飛礮忽中將軍肩崇臺百尺灰中煙英魂烈魄上九天
我知將軍抱餘恥滅寇方能報天子臣功在生不在

死今以一死邀　恩深　褒忠猶自煩　綸音是臣之
節非臣心

圍城紀事六詠壬寅嘆夷犯江之役也

守陴

將軍德珠布突遣追風騎九城之門一時閉江甯凡十三城門其四久
閉道有訛言江上傳今夜三更夷大至此時行者猶未
知須臾聞說皆驚疑入城出城兩不得道旁頗有露宿
兒平明馳箭許暫開沸如蠅集轟如雷土囊萬箇左右
堆羊腸小徑通車纔老翁腰閒袱叔財腳下蹴死孥幼
孩郵婦往往踐墮胎栭棺推拉遺尸骸摩肩擁背步方

駭關吏一呼門又鎖繞郭脊〻痛哭歸頭上時飛洗礮

火事始於六月八日時夷尚未陷鎮江

避城

海上逃人言鑿〻夷於丁男不甚虐惟与婦人作劇惡
比戶由來皆大家城中兒女齊悲啼四鄉一一謀枝棲
尋常家具邀人爾腰纏浪擲輕如泥誰謂鄉農亦稱霸
百金纔許蝸廬借瓢水束薪珠玉價釵鈿裙轎奪之詐
稍不如意便怒罵搶地無言但拜謝道來此間已被赦
不見鄰婦頭髮〻無錢能僱香筍籃膝前有女年十三
中夜急嫁西家男身攜布被居茅庵

募兵

城中舊兵不如額分守城頭尚無策何論城下詰暴客
市兒反側頗捷迹一旦招之入軍籍朝來首裹青布幘
細襻革鞾鞠盈尺黑衣蔽腹袖尤窄堂下群鴉立無隙
或舞大刀或礫石取其壯健汰老瘠九城纍纍保衛冊
時分城內為九道晝坐當門怒眼赤大聲能作老梟嚇惡句往
往暗褫魄夜出走巡衛巷柵火光燭天月不白木梃竹
鞭在肘腋時鄉兵不登城兵器皆以竹木為之取足衛身而已吠犬無聲都辟易
一人日与錢一百勤則有犒惰則革借問誰司鼓与鉦
居然高坐來談兵百夫長是迂書生主其事者大都吾輩而已

警奸

西北諸山火星墮都說城中有夷夥中夜能爲夷放火
大吏責成縣令拿縣令責成里長查何人野宿蹲如蛙
搜身偏落鐵藥沙時前獲郭杞身有鉛藥數丸或曰郭固官頂匠藥其所宜有也邏者
見之喜且譁侵晨縛送縣令衙縣令大怒棒亂檛根追
欲泛河源槎叩頭妄指警人家一時冤獄延蔓瓜從此
里巷紛如麻人人切齒腆朝鴉平日但有微疵瑕比來
盡作虺与蛇往往當路横要遮道旁三老私歎嗟平原
獨無董事恥時司九城保衛者皆謂之董事昨日亦獲瘦男子大氐竊
雞者賊是

盟夷

城頭野風吹白旗十丈大書中堂伊前協辦大學士伊里布在浙江時爲夷所感服故以此緩夷天潢宮保太子少保宗室耆英飛馬至奉旨金陵句當事總督太牢鐸瘖不鳴吳淞車債原餘生九拜夷舟十不恥黃侯署江寧布政使黃恩彤自分已身死十萬居民空獻芹先夷未至十日南中紳耆迎夷艘雞豕粲藕諸物直五百金夷不報獻香花迎犒諸將軍將軍掩淚默無語周自請盟鄭不許聲言架礮鍾山巔嚴城須刻灰飛煙不則盡淩後湖水灌入青溪六十里皆當日奏章中語也最後許以七馬頭粵閩江浙許夷交市者凡七所浙江更有羈縻州浙江定海縣夷僑寓一年許白金二千一百萬三年分

償先剳券券書首請　帝璽丹大臣同署全權官盟書首帝寶次其國王印次諸大臣押次其酋長押其酋長署銜曰全權公使冒死入奏得　帝

命江水汪〻和議定

說鬼

三大臣盟江上回侍從親見西鬼來江南俗稱白夷曰鬼子着寒瘦如蛤灰黑着醜惡如粟煤髮卷批耳髭繞腮羊睛睒睒秋滨苔言語不通惟笑咍高冠編篾笠異臺氈衣稱身無翦裁漆韈綠滑琉璃袜短刀雪色銀皚皚袖中磤火花銅胎鏡筩五尺窺八垓寸管作字鏤纖埃口銜菸葉紅不炱長壺斛酒鵝黄醅聽者不覺心顏開有塔高

矗南山隈鬼官日日遊相陪父老奔走攜童孩隨行飽
瞰歡若雷居然人鬼無疑猜亦有賤騙真奴才何樓僞
貨欺癡獃竟買小舟樹短桅船輪要看火燄推晚歸向
客詩多財雙鳳彎環錢百枚夷市物所用洋錢背多鑄雙鳳与向來流入中國者
異

雪後與慶子元吳次山飲部居放歌

萬人冷眼看塵寰天空地闊無援攀報恩關殺珠与環
愁城有劍憑誰刪昨夜瀛海諸僊班戲翦雪花散帝關
雨師風伯緣為姦乃以人命相草菅奇寒中人百體鰥
九天不計窮民瘝令我瑟縮扉居圜惟酒可作贖罪鍰

夕陽紅上城南山鴉聲一一從東還酒旗遥在黄蘆灣茅龍小店遠市闤到來休問囊錢慳三斗入腹披狐豻酒亦奇才非等閒竹中調笑黄梅斑舉頭瞋見新月彎停車歌之傾城鬟此時豈畏摩兒訕但恐一醉髮已頒生來駿足難韁閑死便埋我青山閒千秋化石應不頑我語雖狂非厚顔

名醫生

中年獵書史偶讀倉公傳欣然欲以藥活人逃儒不惜巫醫賤東家平瘵瘥西家治瘥瘵先生大名傳傳鬼畏之富人豪家盡延致飛輿如風路爭避三更束炬才還

家傾銀滿囊錢滿笥城南新交執戟郎昨日商量侵朮
黄今日素衣來弔喪聲々太息命定閻浮王堂前有客
長揖又問千金方

真僊人

長安十年壯心死湖海之氣淡於水回頭欲作天上人
吾師吾師廣成子終日高臥斗室中自言到眼雲煙空
近來六時只一飯与談萬古皆凡庸語々勸人點名刹
苦口謾罵儒与吏千里忽到錦衣友紫薇星官丞相後
樓居急欲瀛州筵根籍冰桃与雪藕坐前寒士出錢自
買酒

大君子

髮如怒蛟氣如虎布衣韋冠古復古讀書索解先周秦經之老生史之祖四十辭科名恥說籍与纓五十已持杖魯國諸生長庭前置酒招故人偶失小禮還呵瞋適旬看花過年少才涉游詞便在叫朝來操杖撻鄰父何事禁兒不來賭三日不賭先生苦鄰父受撻默默敢他語

印子錢

今日与女錢十千明日与我三百錢三百復三百如此再十日纍纍十再千子母償始畢西家一人賣棗酏救

飢不足償稍遲往〻數日一負之或有短陌情近欺計
錢千九十有奇債帥勃然怒我与女錢憐女苦昔我憐
女今恨女重則告官府輕亦毀門戶借着搶地聲隆〻
非我負公我實窮請公更借八千九立券願与前券同
此時債帥乃大樂今後勿煩我再索女宜感我我非虐
始惟秦中因創此技猶謀如何士大夫近亦效其尤效
而又甚之道路傳聞焉吁嗟乎道路傳聞焉

苜蓿頭

苜蓿頭斜陽低苜蓿頭腹中饑我呼苜蓿來其人面目
如黑煤身有皴瘃腳無鞵是男是女相疑猜試問何太

苦不覺淚如雨自言今年已十五去年喪父兼喪母千
錢賣作童養婦阿姑畜之如畜狗秋天日斫柴一航冬
天日拾糞一筐春來苜蓿可作菜掘之使到城中賣每
日須賣二百錢歸家許食菜菔饘錢多不加一勺饘但
鈌一錢与一鞭此菜一斤四錢耳賣五十斤方稱是力
小還須去復來出城入城二十里昨日鈌錢晚未食今
日強行更無力菜葉行已枯一錢仍未得我呼家人急
賜飯叩首當階呼不顧顧人盡買菜青青但不受鞭餓
何怨餓何怨鞭不支且進飯休涕淚汝言未終我心碎
復与百錢喟而退吁嗟乎童養婦前生償童養婦終年

囙童養婦水中泅童養婦火中投君不見苜蓿頭君不
聞苜蓿頭

祀青溪小姑神絃詞

玉簫聲輭春雲流青天尺五香煙浮綵旗忽下黄栗留
靈之來兮落花急苔徑無塵酒痕溼水邊樓閣空垂楊
兒家夫壻多離鄉小姑莫更愁無郎迎神
絲風欲閃銀燭光茶煙斷處斜陽黄赤闌干下練衣涼
靈之去兮畫船動春魚不躍浮萍重杜鵑啼徹無人行
青山蔣侯姑阿兄何妨暫住過清明送神

春日同長洲孫月坡麟趾滁州厲晴齋雲孫竹庲

吳次山秦雪舫耀曾伍輯之瑞朝兄荷生飲青

溪酒樓醉歌

春陽如馬愁人忙紅塵無日無愁腸愁死耶如醉死强
我勸諸君遊酒鄉酒樓百尺欺垂楊到來四壁皆酒香
月老枯坐佯顛唐低眉立盡五十觴明〻恃酒為瓊漿
雪翁半醉詞琅〻乞盟元白俘蘇黃隔年詩債催人償
覊詩要作飢時糧次公一斗喉有鋩拔劍欲舞袖不長
悲歌舊學聲慨慷夜突說鬼鬼在旁風來短燭寒無光
孫郎把酒談如瀼只今青眼逢紅妝落魄獨愧瑯邪王
不覺熱淚沾衣裳伍生附和呼高陽馬生箕踞搥酒牀

酒狀未碎心先傷吾家伯子尤披猖白眼不諱燕市狂
瀾語直追蒙叟荒亚顛忽作濂洛莊自稱未飲醉已僵
我為諸君醫膏肓老天化水蒼茫ゝ九萬里地皆毫芒
人生何處非歡場我昨驅車遊北邙頗欲醉骨深埋藏
青燐笑我無歸喪未必死是驅窮方重開醒眼炊黃粱
六尺肎受神駿韁方寸休為抱糞蜣腐鼠從來供鳳皇
百年何知愁未央明日更醉梨花旁

盂蘭盆會歌

江南洗手花初紅梵聲一一迎悲風蓮臺都傍青溪曲
千點秋星萬條燭小家兒女爭酣嬉老僧不語低愁眉

簫鼓沈沈搖月影傾聽果然毛髮冷紙錢頃刻灰如山
漿飯無多彈指間草際青燐舞溪夜淒切如聞親拜謝
人生窮餓酸辛年殘杯冷炙宜受憐誰知死尚飢驅迄
夜臺亦自難餬口

十一月十五夜作

昨夜有酒月未圓今夜月圓無酒錢平生敢說酒星小
月夜不飲非神僊豈但不飲非神僊夢魂定落愁城邊
愁城一落不得出荷鍤真欲埋黄泉東家老父新釀熟
當時許我壚頭眠往從貰之得三斗大笑自拍狂奴肩
銜寒獨上西山巔此時下界無人煙酒杯在手月在天

嫦娥中年我少年

破屋行 庚申八月

八月十六青天高黑雲忽滃紅日逃雷聲轟轟乃無雨但聞空中萬里如奔濤木葉滿地風颼颼驟寒中人灑髮毛城中之居尚如此臨江帶郭可知矣傳聞雲中一龍怒掉尾振動山谷撼溪沚何況葦牆蓬壁薄如紙屋梁高飛柱拔起須臾傾頹數十里是時居人方避水紛紛明日齊歸來各撐小舟江水隈但見爛茅斷甓水上縱橫堆滔滔四面無塵埃不知門向何方開老翁頓足村婦踣仰天痛哭何悲哀吁嗟乎秋風漸寒水潮去今

年還家無住處餓死只合從空山凍死都教在行路縱
有一二殘喘延夜夜何堪宿霜露安得萬家生佛救人
活布金滿地成樓閣勝造阿育四萬八千墖

五言律

題歸安陳梅谷詠元少尉湘澤行吟圖

莫以銜官屈而多放廢心湘江才子地寂寞到如今此
去春天月輸君對酒吟鄰船逢謝尚未必不知音

入暮

入暮寒逾甚歸來掩敝廬濃斟女嬃酒（周氏姊餽酒一斗）細撿
父談書（時方校先君子遺稾）霜重渚鴻咽風嚴城漏疏一燈兄弟
坐炙硯小爐初

客有書來訊余近況者作此答之

來日方多事窮途豈死時平生不為舌居世本如眉未

賣書千卷常賒酒一卮愁中有佳趣報女此新詩

題慶子元白門訪舊圖（子元家含山自其少時久客金陵壬寅六月夷人犯江子元先期歸既盟夷子元復來金陵因繪有此圖甲辰秋余始交子元出以屬題）

作客江南好看花春復秋鬼兵能破膽鄉夢与回頭容易烽煙靜懷人起舊愁元龍湖海士天外又扁舟如此江山在曾經蹂躪過只今佳麗地疑有惡塵多誰挽天河水夸娥与洗磨登高拖長劍来日定狂歌十萬臨淄戶重来數暮煙縱無零落感總不似從前攣輩沙中燕誰家雨後鵑況堪楊柳樹顦顇板橋邊休問當年事城居記破圍驚魂曾跕跕交睫尚依依為

尒櫛重聲教余弋欲揮樽前且呼酒羞說淚沾衣

得慶子元書並惠酒資

君從千里外忽寄酒錢來為是天寒甚教余笑口開去
看霜經菊今折隴頭梅三月相思意都歸此一杯

歲除日慶子元自泰興來已泊江上復歸含山馳
急足來報答此代柬

望君如望歲明日是明年江上飛書至知君已泊船忽
聞中婦病重整故山鞭春酒遲君醉來看燈月圓

郊行見孤鴈感賦

薄暮方沽酒冬山淡夕陽風聲千樹葉雲意一天霜孤

雁宿何處江南路正長竟如人影瘦零落不成行（時先兄荷生去世七月矣）

、揚州客邸作

不慣揚州住蕪城數暮鴉世情原醬酒人意亦唐花客路江難縮秋林日易斜雲邊親舍近吾夢欲還家

·秋夜

藤牀初睡起銀漢已低垂滨竹潤如此野花香為誰微雲來往處明月有無時夜夜人歸後秋涼一蟀知

七言律

春星

東皇夜〻促鸞駢珠采金芒宿衛圜欲与月爭歡喜地
尚無河阻別離天照花心事如紅燭種樹時光有緑錢
斗轉參横頻指點嫁人風景又新年

雨後泛青溪

青溪雨過逕濛〻畫舫輕移似碧空芳草生時江水緑
春山明處夕陽紅橋邊帘影低迎月樓上簫聲暗墮風
最是亂鶯嚦歇後卷簾人立柳花中

劍花

橫腰秋水最昂藏也逐花神說吉祥一片雄心深解語
千年俠骨遠留香酬恩烈士無寒相學舞佳人自豔妝
除是夢中傳綵筆春風同日領羣芳

鏡花

怪底交龍復舞鸞奇香誰信有花看水濃終古無開落
月滿教人畫喜歡握手始知金色豔低眉猶恐玉顏寒
果然及第明年事便抵長春樹一團

月花

孀娥只是未心灰次第花香十二回天上何人真斫桂
山中無事且鋤梅卻愁夜雨聲相妒不待春風信也開

今古誰憐寒太甚殷勤移向日邊栽

霜花

舊盟冰雪畫清姿解作花光更入時耐冷豈無青眼看爭香惟有素心知名留晚節楓千樹夢破前身露一枝春色本來如此白下方人自說春遲

夷人退書感四首 壬寅九月

中朝將相竟和戎成就羈縻第一功自是天臺無武露何須鬼國有文風夷人所為檄無一語可讀者嚴城終古石如虎時有諜者言夷人非不攻城實畏石頭城不可破耳薄海從今波不鴻沿路卻煩疆吏報閫山關內片帆空夷船以七月二十九日去八月一日常鎮通海兵備道郎揭報

夷船以是日出海
無恙江山靜落暉暮烏當日悔驚飛零星戶口從頭定
孤露兒童失乳歸三月虛驚詒敵笑萬家虐病讓醫肥
先夷未至江甯婦女無不移居亦有全家廿移者至是歸而多死否則大病瘧天恩不待邊
臣告 特詔蠲租自古稀上諭謂被兵州縣悉免本年秋賦若待地方官入奏恐
已不足紓民困
市兒兵已散驚禽露布人人苦酌斟借箸功無遠豕足
彈冠慶有楚猴心夷犯江時城中士大夫謀練鄉兵未嘗一戰至是皆呈功簿請獎官
家豈吝桐花誥國士須籌蒜葉金聞說餉軍錢百萬緋
衣主簿已如林

五句容易互開筵時諸大師宴夷夷示宴諸大師青史宜書魏絳篇生

虜土龕方寬地江甯人士擬立伊著牛黃四公生虜奉嚴禁始止罪臣金鎖忽

從天牛總帽旋械問回頭尚憶鳶飛紙閉口爭令馬會錢將夷

至時將軍德珠布急閉城名外兵致城中米薪一夕陡貴五倍輸與夕陽盲女鼓彈詞

一曲過殘年

東坡六如亭語悼朝雲也續漢方石廉元春徐姬

之用其意志哀強余同作余則何悼又不善學

安仁寡婦賦為他人言情不能拂良友之請姑

各製一律狂語無聊大要書生本色耳

五百年中小睡鄉如今醒後煮黃粱篆曾吞處書難化

花到開時筆始香顛倒幾回成老病悲歡多事不荒唐
大都醉眼迷離是輸與癡兒說短長

夢

翦綵花枝事返誣雲煙過眼本須臾龍標奪去名方重
蝶夢醒回淚已枯換骨除非金鼎在點頭真有石人無
幾時滄海禽秋蜃數寫樓臺入畫圖

幻

萬斛清泉作怒聲箇中點滴自圓成敢言餘唾皆珠玉
欲止狂瀾到沸羹盡日幾人尋破綻如花何事誤浮生
當時灑雨乘龍尾曾挽天河使倒行

泡

如墨如煙鎮日隨緇塵世界未迷離真形但使毫芒在
空際都成色相奇最好認從孤立處難斷尋向暗投時

人間有此光明佛急步由來計更癡影

瓊漿滴滴是耶非鶴瘦蟬癯願易違我欲竟推金柱倒

誰知爭負錦囊歸釀成竹葉香原好乞得楊枝潤亦微

若少神山初日影鮫人珠淚敢輕揮露

驀說春虹錦樣堆一麾長劍倚天來直令苦海都看到

欲把浮雲盡撥開微命豈真同石火先聲應已布金雷

目光我本空塵者莫為窮途便哭回電

送慶子元之泰興

為是窮愁意倍親青袍落魄對黃塵酒杯以外原無物

詩本如今漸等身舉世茫茫常遇鬼出門惘惘又依人

斜陽莫灑臨歧淚明日蘆花最愴神

初遊樸園

十分春色在柴扉真悔紅塵插脚非一片鳥聲供勸酒
四邊花氣替熏衣暑添醜石山逾秀纔著疏萍水便肥
不是主人能好客夜宊也待月明歸

同學李生屢試見抑慰之

不是龍門不許狂栴檀未爇孰聞香諸公半已同蝦助
餘子時猶作虎倀綱力只能收燕雀琴聲豈忍鼓蟁蝱
將軍碑石司農草灑向黄泉淚幾行謂先師陶文毅公及任階平先生

月夜訪孫竹庥

漸入空山近戴家四圍煙樹定昏鴉流雲有意欺明月芳草多情護落花茅店風知新酒熟柳塘水送去燈斜此間樓閣如天上何必桃源問釣槎

遊妙相庵

四邊山色一園新忘卻門前有熱塵春盡草香濃似酒日長花意倦於人短橋水上萍爭路小閣雲多竹買鄰不受提壺都鳥勸為留醒眼拜靈均（庵有屈子祠堂）

有感示子元

休從歧路泣亡羊苦海勞山儘斷腸聲價祇疑貽上竹文章真笑鼠搬薑眼前嶽嶽微塵細心上堂堂去日長

拾起鏤青沙裏筆墨花猶似舊時香

、傷逝 時秦雪舫方石廉顧秋碧程野樵諸君先後殂卒

為問天邊曳玉樓教人一死誤千秋休傳白鶴生還語已作黃河東去流如葉自憐三尺命有花難解十分愁著書明日無憑事何待潘生歎白頭

、秋試報罷

依舊秋風滿敝廬槐花忙過菊花初才名濫說登臺駿生計渾如閉轍魚不信黃金能鑄命自將紅葉且鈔書何人知我千秋事除御青鐙是麴車

、樸園有老樹不名方秋作花甚婷而豔詩以慰之

一例花枝玉樣齊竟無春夢許君迷柳雖輕薄鶯猶占
桐易飄零鳳卻棲但使爭香塵裏過何曾分蔭日邊低
浮生豈獨甘埋沒聲價憑誰爲品題

秦淮春曉

欲紅仍溼日高時閒晝長橋繡萬枝霧過有痕花片受
風行無力柳條知蝶如猶約渾來慣鶯爲殘寒也睡癡
何必禁煙天氣到春陰常護小姑祠

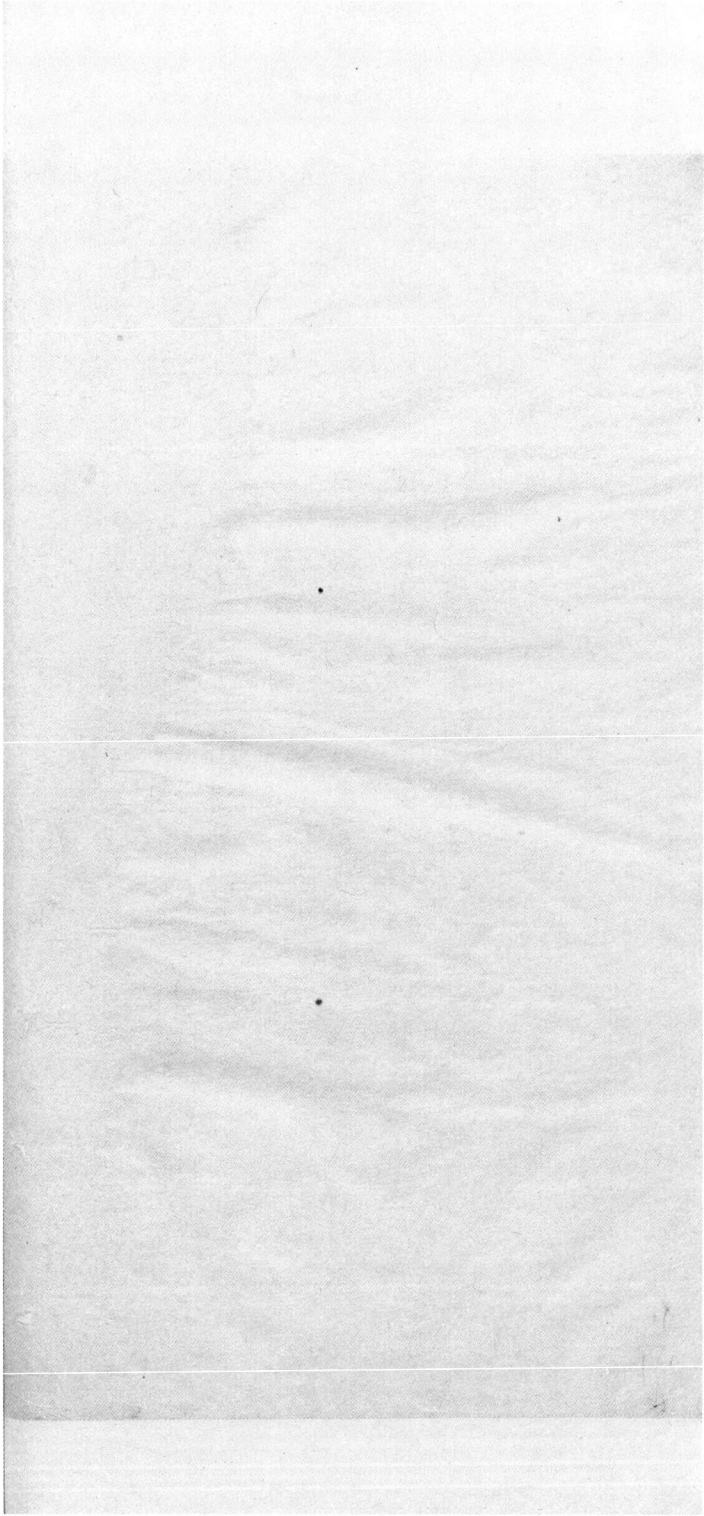

五言絕句

如姬

侯嬴甘一劍以死報公子魏王失軍符美人生与死

襟詩之一

千金買駕駘一顧失追風追風亦有罪甘襟駕駘中

初夏六詠和兄荷生

埽花

埽花襄枕頭魂夢共清絕不為落花香為見開時節

劚筍

攜鋤向竹林不知筍何處一枝露頭角便有人鋤去

贈扇

蒲葵自南來故人新贈与拜賜及此時秋天誰用汝

垂簾

紅日有驕態竹簾清若水始信綠棠陰庇人亦如此

飼蠶

采桑飼紅蠶吐出絲千道不是蠶吐成誰知桑葉好

放鴨

柳花作萍時放鴨向春水望尔羽毛成至今飛不起

七言絶句

飼蠶詞五首

春寒箔上蠶猶嬌箔下炭灰終夜燒貧家亦有跳梁鼠
從人乞得銀花貓

曉來要看蠶稀稠又恐蠶將嬾婦羞蠶會吐絲學蓬髮
朝朝燈下起梳頭

早去買桑桑市東歸來摘葉蠶房中旁人不解惜桑葉
奪取一枝桑葚紅

阿娘辛苦養蠶天嬌女陪娘瞑不眠含笑許縫新襪袴
待娘五月賣絲錢

西家小妹來堂前也知愛我蠶絲鮮翦將素紙乞蠶吐

要作蔆花鏡奩圖

題譚石耕光曾空江獨釣圖四首

看是桃源是若邪滿身風月立蘆花何緣不買春船住

著箇樵青作一家（君久悼亡嘗有燕玉煖老之想故調之）

昂頭底事投空鉤料得尋常餌不投舉世丈夫無意氣

見君竿影一時愁

荻火中間酒百杯請君放眼到紅埃天寒雪大莫歸去

恐有王孫乞食來

皖山酒戶別離初此後君如得鯉魚卻要留心尋尺素

算來應有海東書慶子元自署皖山酒戶時往泰興

讀長門賦

長門小謫緣御妒，恩深莫道君王誤。不是當年金屋金，倩誰買得相如賦。

讀秺侯傳

漢庭第一好男兒，班史何如太史奇。天欲留公臣少主，書功錯過馬遷時。

市有賣鬼子燈者漫書

丹墨摹形土作胎自壬寅八月後市肆多有繪夷人作屏障及貌之為傀儡者輒易售，不如燈樣錦新裁。始知此鬼無長技，本是兒童捉得來。

戚夫人

歌舞何須學楚因夫人自拙夜中謀千金早問留侯計
四晧還從如意遊

王嬙

紅顏竟許到沙場休抱琵琶意更傷不是出宮時一拜
今生那得見君王

孫竹廉室人卒於金陵權厝鳳臺門外繪鳳臺塋
奠圖屬題三首

霜天每載酒船來新月黃昏便哭回淚滿百花田上土
明年花事定遲開鳳臺門為金陵藪花傭族處之地

白楊衰草已迷漫況是千山雪未殘紅燭兩行香一束
可能燒斷夜臺寒
定有芙蓉及第年料應說誓到黃泉君家舊例長離閣
不寫天書第二篇（君先德淵如先生當未第時王采薇夫人已先卒遂不再娶後貴但納姬侍而已）

、紫雲曲六首仿曹堯賓體

閲徧青天少酒家夜寒難覓海人槎無聊盡斫吳剛桂
自汲銀河水煮茶
玉斧樵回一事無夕陽紅過小方壺門前笑倚三珠樹
閒拾飛花飼鳳雛

五雲深處鎖天台琪樹桃花落更開昨夜劉晨尋路到
春風吹下笑聲來
梧桐樓閣掩金扉十萬收香噪落暉一片紅雲天女過
齊州煙裏散花歸
龍田瑤草十分香處處丹爐火色黃擺脫紅塵眾僊子
朝朝贏得點金忙
蔡家今日宴羣真有約麻姑餞尾春青使頻邀還未到
瀛州山頂射麒麟

新種柳

生小爭春眼媚初露黃煙綠不嫌疏淩波自寫當風影

為是旁人畫不如

春暮對海棠作

不許移燈樹下看暗攜樽酒獨凭闌黄昏容易初三月
忍把花枝影踏殘

孫竹庲之常州吴次山之揚州以同日行時庚子

元滯泰興未歸

望斷海東人不至諸君明日更飄萍江南春盡落花急
賸我零丁一酒星

送春日寄吴次山揚州

無沽酒處猶餘泠盡落花時更不愁聞說春歸到江北

耶禁惆悵望揚州

過孫竹康家池上偶題

綠楊池小不通船，一片浮萍鎮日圓。風過紫薇花落上，鴛鴦眞在錦衾眠。

正月十五日慶子元至自含山使來招飲余適有所待不得赴悵然呈此

昨夕思君酒嬾斟，今朝君至費追尋。可憐雞黍平生約，不敵朱門乞食心。

六月十五日大熱薄暮欲雨有感

晚天雲起喜生波，又恐今宵月錯過。許借新秋涼一味

秖宜微雨不宜多

與慶子元飲青溪酒樓醉歸

爲貪蓮氣立沙汀衣袖濃黏箇〻螢不惜夜深風露冷
與君扶醉數秋星

舟發石頭城夜作

涼雲斷處遠天青兩岸菰蒲萬斛螢飲慣石頭城下水
如今著我作飄萍

西山看野薔薇

愛向疏籬淺水濱野薔薇裏往來頻邨娃不解看花意
錯笑春山迷路人

檗園海棠作花較早清明次日雪甚花竟半損則
不如其遲也醉以酒而弔之
早知有雪不須開多管芳心到此灰自是花身生命薄
春風難道錯吹來
題慶子元所畫兩蘭
絶瘦孤花稱晚涼著些秋雨也無妨倡條冶葉從人采
自辦空山落後香
題慶子元所畫落花
埋香歸去意沈沈自寫春愁付緑陰墮溷飄茵何太巧
東風未必盡無心

西施詠

溪水溪花一樣春東施偏讓入宮人自家未必無顏色
錯絕當年是效顰

野寺見桃花題壁

纔有花枝帶露開等閒蜂蝶便飛來紅塵誰報香消息
多恐春風是自媒

嘲燕

海燕將離分外忙呢喃終日向華堂生兒盡學江南語
秋後如何返故鄉

春日

江南夢裏生芳草桃李依然顏色好春風最妒人少年
一度看花一回老

會枇杷有作

綺筵今日進枇杷正是梅林兩萬家一例黄金聲價在
不如御處只酸些

經揚州木蘭院

紗籠舊句久塵封漫把瞋心感鳳蹤誰令男兒無意氣
教人不打飯前鐘

春閨曲

也卷重簾也倚闌晴絲柳絮寄人看東風用盡開花力

吹上儂衣只是寒

秋閨曲

秋來怕說寄衣裳自盼音書暗斷腸昨夜雨中鴻雁過

今年人是不還鄉

題畫二首

窔窔畫閣春山裏十五女兒新睡起開門一樹碧桃花

閒立春風獨歡喜

妝罷閒拈紅豆時無言盡日作相思有情人少須珍重

筭徧天涯卻寄誰

慶子元納妾花燭詞八首

竟有題紅一葉緣過江名士勝登僊乞牒寫韻荒唐事
不及紅塵使聘錢
鶯啼燕語逐人來門對青溪柳色開未必小姑甘獨處
如今應也覓良媒
羞上眉梢喜上心兩行紅燭夜沈沈相如不是生疏客
多恐簾前聽過琴子元舊館妾家故調之
曉妝從此待郎催題徧新詩上鏡臺消受才人一枝筆
不虛生作女兒來
剛賸東風三日餘蒙頭錦被早銷除千金一刻宜人睡
紅藥花開夜煖初

第一劉伶荷鍤忙等回野戰飲千觴合歡牀上一壺酒

卻要溫柔不要狂

畫眉餘事畫蘭無（子元畫蘭）喜贈我宜將九畹圖猜著者回

花葉裏粉痕脂味半糢糊

我亦鍾情有若耶三年偷看浣溪紗祇今僅護偏無福

吟落門前一樹花

、七夕詞為李生作七首

多謝秋風等日新不教牛女誤青春分明今夜銀河裏

淡月疏星乍有人

果然天上勝人間羽蓋蜺旌尚往還儘有紅塵離別事

一條水似萬重山

秋雲夜〻薄如羅多少秋星盡渡河何事騃郎待烏鵲

有情人便怯風波

天花開落鎮相思纔到新涼散巧時除是神僊無白髮

一年一會不嫌遲

風吹私語夜寒過十萬難償卻奈何天上儘餘人未嫁

如今可要聘錢多

燒燭時光夜易沈不禁歡會只傷心明朝灑淚還成雨

流入天河水更深

乘槎許渡是何年結屋青天碧海邊婦解支機郎飲犢

也宜兒女也神僊

春秋宮詞六首

寫畫房中敝笥詩外臣消息報無知漢宮尚拜秋瓜賜
斷絕君恩是此時

火急軍書駮外臣一時宮婢更含顰從今防着桃花醋
不是當年不語人

狄語鈎輈到耳邊第三宮裏晚開筵含情笑指庭前木
未到人間廿五年

陰里紅絲出洛陽諸姜誰着后衣裳内家弟妹都調笑
為問王髭縴許長

緑衣爭受聲奴鞭花下君来泣不前含怨回他身上痛
去彈琴處覓人眠
故國回歸妾入齊舞筵夜〻醉如泥金盤忽進魴魚鱠
君寵君憐總欲啼

十六夜見月

雨漫秋河半月餘今宵纔見玉蟾蜍可知鏡裏人應老
不是長眉乍畫初

書恨

蓮荒豈少魚藏葉葦敗猶餘鴈折枝絶代芙蓉根盡死
可憐紅是不多時

題落花册子十首之四

願將十萬金錢去盡買天孫錦片來借著東風吹過海
一齊收拾落花回

癡心我欲倩情天閉一枝花便百年更一萬年花不發
我今生總在花前

縱饒一夜好風吹點點吹歸最上枝細碎香魂泥涴後
也應不似舊開時

雪消作水無人恨香化為煙没地愁我勸東皇施辣手
不須一片落紅留

展上巳修禊詩四首

寒食清明總過來如　何曲水宴開纔豈緣十日聽鶯醉

春睡深深乍醒回

浴罷蘭湯畫槳停池邊初點點分萍頓驚春路殘紅滿

已過花朝一月零

湔裙漫道事遲遲贏得開軒夜舉卮借問初三眉樣月

何如明鏡欲圓時

算來佳節錯過中後序蘭亭孰最工知否餞春時節近

只餘十七度春風

五言排律

燈草三十二韻

蘼徑重搜草蘭成更賦燈吐芬依楚澤緘秀遶秦塍拂髮當風亂虬髯拂水澄秋航蓑与織夏館簟宜登有客循華渚隨時刈宿芳莎邊搴繂約蒲外束鬅鬙剝倩纖纖筍抽疑裊〻藤膜肥金褪肩心縈玉交纏弱綠誰搓絜長條此撚冰絲蓬鬆試緡弦脆猛休搄并翦鉸纔便鑾箏裹罨勝瓣香珍聘似下策火攻能院宇初昏後樓臺最上層銅盤呼婢炷漆几把書凭莖短濃熬漬膏淺膩欲凝鴨爐紅燼逗鴈檠素輝騰瘦縷還嫌晴雙枝或

待增挖珠調鼠觀挑栗惹蛾懵穗定寒頻歙花攢喜漫

憑影惟從月淡色早學雲蒸遠志中常熱春暉寸敢矜

龍耕煙自煖螢化鯇何稱得儔明星爛羹煩顀眼懲削

松齋浣女斷帶笑吟朋照夜光誠大餘芳事別徵楓桉

和雪落菌蕎借霜淩眠　硯柔欺錦摩膌滑勝繪善防

囊麦麝訔洗字謚爐灰問新晴信湯消內熱癡兜鞍輕

到底鼓骯輕無梭虎魄黏猶可難毛換未應纏來蘆管

細分映燭奴曾

二

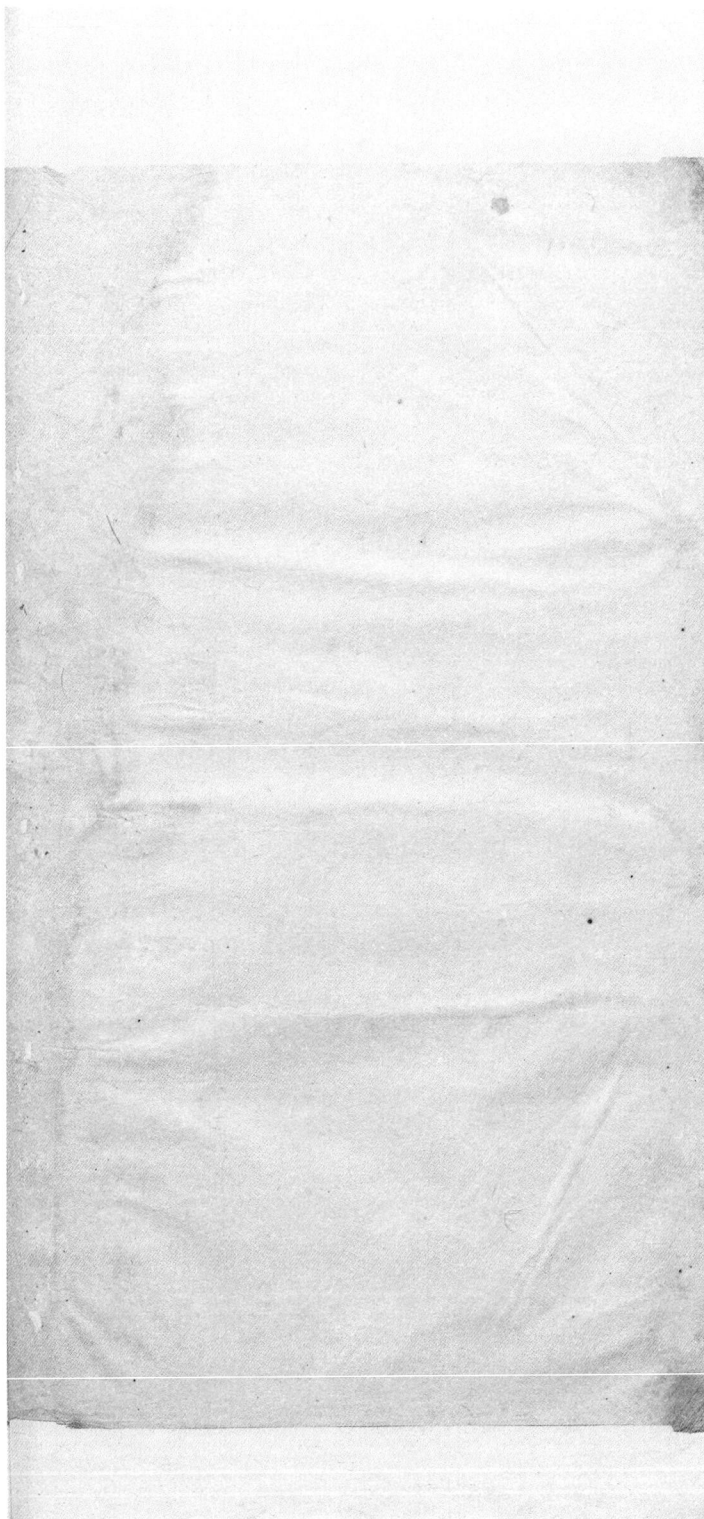

秋蟪吟館詩鈔卷二

上元金和亞匏

椒雨集上

癸丑二月賊陷金陵劍淅矛炊詭名竄息中夏壬子度不可留捽面辭家僅以身免賊中辛苦頓首軍門人微言輕窮而走北桑根舊戚恩重踰山自秋徂春寄景七月而先慈之訃至矣計此一年之中淚難顆愧髮不副毿饑昧之無違言競病惟以彭尸抱憤輒復伊吾亦如麴生之交尚未謝絕昔楊誠齋於酒獨愛椒花雨椒辛物也余宜飲之又

余成此詩半在椒陵聽雨時今寫自癸丑二月至
甲寅二月詩凡百五十餘首爲椒雨集

原盜一百六十八韻

先皇壬寅年外夷肆鬼嘯既奪潤州隘遂鼓金陵櫂先
夷未至時南民畏其暴紛紛謀避城婦人尤遠蹈佚而
官盟夷江上款割約盧驚七旬餘夷去疾若鷂城中高
舉者部居半改貌宵眠蝨無幬晝會羹不芼至是驅車
歸戚里相迎勞搥胸論酸辛把酒不能釂風日溫畜突
致疾每難療朝朝歌蒿里處處焚楮鈔由來十餘年談
次神尚懊今茲粵氛惡詎不烽早耀大家鑒前車主静

信神告先賊未至時南中之問於神者筭卜鸞請皆云靜吉豈無神耶抑真數之不可違耶婦口
雖嘵〻男兒必執拗萬人無一〻網兔脱身趍餘皆陷
盜中將肉委虎豹往〻婦語男以不見聽誚我雖與衆
殊交讁畧同調豈知中夷毒匪獨民不吊 國事此荆
莽禍固有由造夷爭註誤多聽我說原盜盜首生潯江
實在交廣徽湘南諸煤戶寒等厥民隩蠢〻初無知犀
聚第吽噪縱或觸犴獄不過氣桀驁極其所才能相率
事掠勦平生委泉壤夢不及官諸何至夜郎大乃欲竊
名號當夷構釁日此盜各年少方於災荒居近見夷犯
澳只覺孫盧鋒大都炬火熾中原有全力海必澆熠燿

旋闖閩越靡江南順風到前後才三年萬里騰狂趭
帝自赫然怒諸將太不肖專閫獵海琛上上珠翠瑁自
其黷貨外則一無所好嚴衛色常墨魂遁鼓鞞搖那知
戰何事如女羞說醜彼夷視諸將餽問合屎尿攄楯可
罵之不屑詛楚禱若以忍辱論孺子竟可教代夷張虛
聲紿 帝太阿倒待寇作上賓禮直修聘覲賂以金如
山市假神州壤奏書單于悖奚止侂冗綦居然呼二天
含笑魋面顙歸舟吹競律喜氣徧壺嶠此盜斯生心本
來昧忠孝遂謂狂蠢精果會太陽曜時於輟耕餘隴上
野性趣指天而畫地側身忌載壽從此堡社間殺人向

人訓椎埋漸公行罔忌刑禁䟽萌芽特猶微虺敢蛇遂
效向使盟吏後諸將畧計較自慙　國體傷恩答　帝
德劭病過從良醫戎事急學斆因其人震悚選其俗悍
剽月異歲不同使知武可樂壯健皆　國有善養鷹與
鼬邊隅固金湯春秋重邏哨懲羹夫何嫌備豫古訓要
此盜必不起起亦可立摽何知封疆臣舊習是則微
祖宗定兵額歲折絳路漕久皆成具文談兵徒納鍪手
握龍虎符於心似無恔權陰屬偏裨千夫百夫纛一家
妻若子首易姓名冒更用訓私恩婣特託蘿蔦十已吞
二三然後兵列竈兵復互容隱濫竽廁幼耄大率州郡

三

兵實數太半藁借問兵何爲分飛鳧與鶴中有至賢者
恂〻士遊校市井別肄業治生及屠釣劣者殊不然鄉
鬪恣蹂踔溺影兼吠聲勢憑城社窔彼所謂長官聞見
久聾眊平日奴隸叱門戶供灑埽賤役靡不執次第直
分傢貓俱狎鼠眠家人比嘻嗃抑有少忤意感欲杖以
鞋乞憐地暫搶逃罪柱還繞亦可祖父前子孫大譴嗷
反師顏子淵犯者置不校大吏以時點樹旗帳曰操逐
隊仍兒戲壁上衆觀譟癠馬雕錦韋廢劍髹柰鞘冠必
朱影纓鞾必綠長靿鎗或火不鳴矢或風而遷約畧步
武齊鼓絕銀字犒偶播毫毛疵責之煩扑敲是爲司馬

政兵糈一歲報其在兵婚喪且別賜芻稍令節亦優酺
軍籍抵金窖浩々　天子恩車甲兩時賚褻咸顧若此
甚矣　國財耗此盜以夷卜如獲上吉玟更知營壘情
私慶舞其翱腥啖彌吹揚已將發之慓又況宇若令棠
憂鬱頌部萑苻藏巨奸明鏡都失照有民縛盜來駭甚
雛在葩謫々為盜辯拍案老蠹叫畏事甘養癰屢放鱷
出豢其民堂下譁唾面自拭皰民皆太息歸盜愈睨之
儌拱手仰盜息苦勝憂旱潦盜曰粟々之不敢責昂糴
盜曰衣々之不敢吝縮凜同聲怨官懦萬口籲應箭官
閫乃大樂風雨忽森瀑桎梏拘而來謂汝盜援輿否胡

四

餉盜爲汝身家自燒黲〻盆葢冤逢〻瓠鑽竅明〻樓
幻蚕隆〻鼎賄部勿問淚眼枯魚肉猛咀噍坐此民怨
突家駒化作獥乘時盜潛肩敎畜短髮氈黄巾與紅巾
昏畀大布帽鶻嗁惑鳩媒一旦傾巢笊東家扶其柩西
家撤其榻南家負其鋤北家挈其銚此焉捐囊簏彼焉
獻囷窌決計踵盜門願与盜分俵請爲盜前驅轉似泰
投膠由是盜驟熾狐語燈夜罩孽雷喧角鉦愁雲布旌
旄卻從夷主名耶穌拜初廟逆視夷有加誣天妄稱詔
試窮此盜根然否盟夷名至於兵興來諸將則尤妙本
來勁旅稀市人襍嬉敖苟能漸摩厲擇蘗汰其糙勇可

作而致何懼不輕慓乃從肉受脤即如麫飲醇纔聞壇
上拜便睡山中覺只期蕃烏集瞋舞晨雞昭自盜弄潢
池於今幾寒燠所過皆嚴關守可一夫嬈步步讓畔耕
胥盜馬篝聲諸將遣後麾聊當遠臨眺畏盜膽易破未
戰師已橈將是蟬語冰兵是螳旋漳在我秦室憂久知
原必燎獨至金陵失真非意所料謂有向將軍夙名騎
之驃　帝望屬方新功詎他人媢固當計掎角預阻長
江巃盜既來如飛赴援進必躁豈不念南民延頸積腷
朓但使牽其外環城當有礙雖圍庶無虞城幸最險陗
故抱不還議敘廬守宵寤吾母殁久病體弗任輿轎自

室安鳩安未用鬧蠢鬧安知吾智昏終詒家室悼誰云
狃於夷佳麗地戀嫪昨者夷船來士女栗亂爆猥曰夷
同仇將藉鯨逐鱷其實牟利行交反通綄縞鑄姦本同
物往事早先導倘命回紇助多恐顛不掉非夷此盜無
無為盜所笑

第十二句下。擬增二句云男女分館嚴令禁雜處。便明白。

○○三月二十八日作

自從中春來。情々閉門戶。出入必以夜。粥飯亦夜煮。街
上聞人行。搖手戒勿語。作計叢棘端。地獄無此苦。誰知
復大索。謂有男近女。按籍編女口。賊婦作官府。楚婦猶
人情。粵婦毒於虎。明知是家人。問訊或不許。過者稍還

此節痛切小後
叙事乙也

延拔刀勃然怒痛哭形問影影似唾罵汝汝母遂無兒汝子遂無父汝妻遂無夫汝婢遂無主汝死亦無名汝生亦何補

四月十日聞楊栖門得春亦變姓名有所寄因訪得之見面口占

求死果然都不得始知我輩是詅癡平生苦被浮名賺退賊何人許賦詩

周還之蓀淳作無題詩二十四首假以書憤同人多和之者余亦得四首

春陰黯黯閉門居禁火時光破膽餘敢為明珠多護惜

六

乍聞嗁鳥亦生疏○癡心尚想花無恙○薄命應知水不如○

背後相逢剛一笑○大家雛髮上頭初○

曉風鈴索晴心驚○金屋寃寃住不成○出海瞋魚從急性○

對人羞草只吞聲○願埋黄土都難事○得倚紅燈是更生○

如玉阿侯拋擲苦○胭脂山虎果無情○

邯婢如今舊誓違○琵琶别抱不嫌非○甘遣尨吠燒香去○

忍逐鵑嗁響屧歸○同伴難禁笑口角○新妝頻逞瘦腰圍○

紅綃未是真承寵○要著葵黄入道衣○

朱樓落盡萬花枝○洗面朝朝眼淚空○山欲望夫和土化○

鳥休思婦覓巢癡○竟沈苦海終非計○便出愁城已不支○

學得南朝無賴法○破家時節苦裁詩○用王次回句

有諷三首

錦衣玉貌好兒郎○手握長刀冷似霜○餞日公然鴉語熟○他年真恐賊難當○

媚賊將無作計疏○徒令華屋變榛墟○自家門戶今何在○莫逐錐刀拾唾餘○

自是傭書勝荷戈○通人筆墨不須多○美新二字須珍重○箭在弦時試一磨○

五月七日母命出城述賊

老母傳示紙三扣○敧側澹墨十數言○謂闖逼日賊促戰○

千家萬家人出門。尔獨何為戀虎口。六世名族惟尔存。生是婦人當死耳。此時言義休言恩。尔去將情告諸帥。況尔有口兵能論。背人讀罷火其紙。纔欲痛哭聲先吞。中夜起坐不能寐。十指盡禿餘齩痕。在家何曾得見母。母教誠是兒智昏。宿將南來過兩月。胡至今日軍猶屯。或者條侯太持重。不識此賊原游魂。儻以裏言走相告。未必幕府如帝閽。藉手庶幾萬分一。還我甘旨難与豚。甘作罛人背母去。廿金饋賊吾其奔。時逃人必先輸賊中貨者全其賊郎

衛以出城始免賊詰

8 初九日出城既至善橋作

出城二十里世界頓清涼不覺髮將白纔知日尚黄居
人盡旗鼓吾輩又冠裳重見 聖明詔羞揮淚數行

自善橋至龍溪道中作

一賊支解懸大楸一賊糉縛吞東流一賊倒植蹋其足
一賊横葬犁其頸近來小膽已見慣此鄉辣手真同仇
何不竟錄三百輩飛將軍上城南樓

自秣陵關買舟冒雨至七橋甕馬總戎 龍營求見

早潮人說船行易五十里路夕未至夜突雷雨破空來
疑是城頭戰方利小船漏水時欲沉袴韈無乾不能睡
燒燭聊談紙上兵到曉剛成六千字遙遙乍見當頭旗

船得順風犂生翊須臾繫纜營東頭萬帳星羅真得地
此時雨猛更逐人革滑泥突策無騎束縛芒鞋側足行
軍前豈可輕兒戲漸聞朝令許傳呼長揖和門敢投刺
將軍竟作下階迎纔見逃人先送淚敢謂此賊不難平
三月還延自攻愧張髯怒罵驕兒兵如所云云願洲醉
坐來徐獻袖中書五策居然中三四欲推欲挽忽沈吟
前席無聲似酸鼻但言大帥在鍾山到彼雄心償一試
我聞未免中狐疑於我何嫌若引避歸船聽取道旁語
請戰都非大帥意將軍近已病填膺不是將軍不了事
8 自十六日至十九日歷謁　欽差大臣向榮撫部

此等將軍便少

真好官

癸甲兩年皆假書
有好出兵太不濟
大帥無顏令收
兵歸耳

馬公將戰不得
辛以憂憤得病
而卒死

許乃釗提督和春諸營退而感賦四首

到此烽塵路八千諸君莫更似從前徵兵十道頻增竈
追賊三年等執鞭若使釐屯江畫地須防梟薄日邊
天巧遲拙速關全局不但南民望眼穿

休說黔驢技有餘夥頤沈沈讀易殲除大都死盜逃疏
網誰見祆神載後車勇爵儘排槐國陣智囊無過稗官
書兒嬉優劇殊堪笑豈可非夫賊不如

只今百日駐江濱未到量沙那慮貧人命可堪金注重
軍聲惟仗火攻頻腹原不負恒遺矢膽若能飛早去身
誰信將軍心謹慎自知鄰比主知真

此行奉命出圍城，敢謂書生解用兵。只覺戴天難忍痛，
況知攬海盡虛聲。解懸但願家全活，借箸休疑事近名。
舌敝脣焦無是處，酒悲贏得淚縱橫。

有鄭寀自城中出致母命，專意軍事，無以城中為
念

初心若是此行虛，我罪寧還勝絕裾。忍淚替添衣上線，
請兵為獻馬前書。四年長病惟敧枕，五夜無眠當倚閭。
桑榆鍋焦誰寄與，累人甘旨近何如。

孝陵衛寓樓飲酒十首 是日於許營晤林編修汝舟，亦奉命領軍者。自第二首至第九首，皆述是日問答語也。

巷外悲笳不可聞。傳杯只合對斜曛。便教爛醉今宵死。
也比蟲沙醒幾分。
拖泥帶水外重城。為報紅夷礮可傾。豈是一人偷撼事。
崇墉難道紙黏成。
嚴關已奪尚何愁。縱有縣門可發不。幾見百川歸海處。
能憑一舸斷東流。
畫灰纔罷帛書通。誰遣黄巾侍帳中。縱說愚民甘媚賊。
可能推問道旁風。
千帆萬楫繞江灘。纔計焚舟便不歡。自是留他歸路意。
可知此次讓城難。

賊後竟乘舟
後往上海

十

御瞑餘燼半偷生底不呼刀徧四城也識殺人容易事
未應民膽大於兵
指示雲梯十丈高每當支處吠嗽〻棄人若是真憑犬
壯士何妨試奏刀
藥籠窮搜詛祝材賊身若說是蛇胎肘懸金印大如斗
悔不當時使鶴來
賊金如土積無邊班處都堪多得錢此事也須憑一鼓
封侯豈但畫淩煙
醉餘無俚事歌呼回首慈親望眼枯怪底賊能操勝算
道渠來日亦如無

得城中婦書卻寄

[illegible]

讀此十二篇事實情真令我五十猶誤懷腕裂也惟念予九破城爲五備閱不同予有金陵難脫紀之甚詳一書皆自記事

日日喜栖飯三日龍溪眠一日脈要邨五日鍾山巔栩栩遁風蝶跕跕墮瘴鳶昨日賃此屋乃在營東偏危樓十數椽一月錢二千庖湢借鄰廡几榻聊安便薄醉從飽睡笳鼓時喧闐中夜復起舞敢謂聞雞賢竈熱還因人已起晨炊煙居然鳥巢林風雨可避焉如今痛定矣

請歌痛定篇

十一

正月二十七居人走相報謂有奔馬來江警今在告負
郭千萬家入城附堂奧如牛得火驚似蟹在鑪躁明夜
城外喧次第賊果到九城先已閉守陴各安竈我亦登
城看始見賊花帽是時賊尚稀城下肆舞蹈轟然鳥槍
發御作厲鬼倒晦日朔日閒環城樹大纛紅衣而黃裳
遂集如毛盜城中尠勁旅況賊攻之暴乃招市兒兵徒
手助鼓譟從此盼外援北望費祈禱天昏低欲頹十日
雲不歸惟餘礮火明萬鳥避而噪夜夜城中民煮粥上
城犒
二月初九夜礮急不容瞬遲明繞城呼賊自北城進北

得城中婦書卻寄

書來休問從軍事。恨不歸飛背無翅。堂上偏親膝下兒。但卿未死還相累。

○痛定篇十三首

兩日善橋飯，三日龍溪眠，一日脈要鄣，五日鍾山巔。栩栩遣風蝶，跕跕墮瘴鳶。昨日賃此屋，乃在營東偏。危樓十數椽，一月錢二千。庵湢借鄰廡，几榻聊安便。薄醉從飽睡，笳鼓時喧闐。中夜復起舞，敢謂聞雞賢。竈熱還因人，已起晨炊煙。居然鳥巢林，風雨可避焉。如今痛定矣，請歌痛定篇。

正月二十七居人走相報謂有奔馬來江警今在告負
郭千萬家入城附堂輿如牛得火驚似蟹在鎕躁明夜
城外喧次第賊果到九城先已閉守陴各安竈我亦登
城看始見賊花帽是時賊尚稀城下肆舞蹈轟然鳥機
發卻作厲鬼倒晦日朔日閒環城樹大纛紅衣而黃裳
遂集如毛盜城中鬭勁旅況賊攻之暴乃招市兒兵徒
手助鼓譟從此盼外援北望費祈禱天昏低欲頹十日
雲不埽惟餘礮火明萬鳥避雨噪夜〻城中民煮粥上
城犒
二月初九夜礮急不容瞬遲明繞城呼賊自北城進北

城地臨江隨道賊暗瀉城根失憑依一角礮自震砉然
若阢隤險步賊乃趁是時守城者尚欲礨其礨囊米積
如薪畚土實諸襯所崩特補苴功頗奏之迟入城賊數
百大半亦歛毋誰知他城兵得賊入城信一倡百和逃
奪命自蹂躪西曰清涼門蕪蔓畧不潤近南有矮城其
差將及伊萬賊攻方環忽見解嚴陣遂以雲梯登諸山
斗合燼督師來自東巷戰以身殉其餘數十官先後死
其印狼虎從息然衝市漸充牣刀鋸極天鳴走避駭覷
亂吾鄰屢太華必受賊問訊奉母急移居蓬茅各牽引
閉戶不敢眠夜聽鼓角振

夜聽鼓角根借問在何所八旗駐防兵只今稱勁旅防
若防此邦本藉固江圍地重兵恐單所貴侮同禦滿漢
久一家在 國皆心膂 帝惟無分民守土故用汝
聖澤二百年斯民和飲醑何期邠岐人終欲外齊楚當
賊初來時意已畧顯踣四城籌守陴僅以什五輿謂此
外城事自居謀越俎及聞北城摧第一氣消沮西南棄
城走孰先申弋杵猥云保內城內城大幾許如樹之有
巢如水之有渚水潰樹既顛巢渚豈可處縱令獨完全
孤寄等雀鼠碎壁孰其咎於 國有補詎況萬無此理
譬麼早失驅徒令賊致力亟亟合鋒炬戶萬口五萬裏

創及婦女豈不奮臂許各以死戰拒一隅果難支賊如
毛羽擧試聽今夜聲痛哭偏郊墅何不昨着晨仍結外
城侶固知寇已突南人胡方巨要之秦越視吾終疑其
語
賊既全入城我門更突開不知門中人今所處何世違
問他人家朝夕扆作計中夜猛有聲火光極天際併噴
數十處處處借風勢屋瓦一時紅四方赤爍帝心揣賊
所為殘命萬難貰毋許坐近牀兒女各牽袂阿嫂將一
縺繫婢還自繫謂死亦同歸神定都不涕門外賊鳴鉦
梟語音反厲驅人往救火不許道旁憩相顧愈狐疑將

無賊夢囈忽聞叩門來乃是西鄰婿一一為我言始知
火根柢日來賊科財按户如責稅賊黨復私掠先擄㝡
高第囊篋罄所有褫及婦衣斂錢畫吏捉人遺意大半
或苟有稍忤者一刀以為例故尔盡封家或則縉紳裔
與其遭僇辱束手以貸斃不如早焚身自甘灰燼瘞其
餘鴆縊溺往往毅魄逝裹尸匙柳棺葬者血盈背汝居
幸獨陋賊過不屑睨
初十至十九畧定殺人性打門喧相傳賊亦有財令令
人占口籍書年與名姓老弱可從畧意在壯者勁大半
署為兵加偽號曰聖其舊操何業及時許更正苟所甚

需者則亦隊伍併惟男与婦分不得室家慶賊婦實掌之遠者致禍橫我姑避其鋒獸穷自投穿江東大如海差異蕞尔鄭往從數親知南北脚力饒黃昏不敢歸直待月懸鏡平明又出門東倉西眠竟有時驟遇賊所賴目遣病單福与張祿遺意我為政亦嘗受賊拘尺寸手無柄賂之復得免始信錢勝命置身如此尤幸不為賊

詞

二月二十三傳聞大兵至賊魁似皇〻日或警三四南民私相慶始有再生意極〻向將軍仰若天神貴一聞賊吹角即候將軍騎香欲將軍迎酒欲將軍饋倉念將

軍會睡說將軍睡老母命近前推枕手彈淚謂有將軍
來死亦甘下地縱遣玉石焚猶勝虎狼寄七歲兒何知
門外偶嬉戲公然對路人說出將軍字阿姐面死灰撻
之大怒詈從此望將軍十日九顛頓更有健者徒夜半
誓忠義願遙應將軍畫策萬全利分隸賊麾下使賊不
猜忌尋常行坐處短刃縛在臂但期兵入城各〻猝舉
燧得見將軍面命卽將軍賜誰料將軍忙未及理此事」
金陵百萬戶平居如儉荒豈知崑崙山中有萬寶藏財
能竭澤漁毒網彌天張朝令從一巷暮令遷一坊次第
驅其人以隊叱犬羊其人既已驅返身上其堂井竈庖

廥廁楣檻屏柱牆一一揩之爛惟恐屋不傷盆盎鼎豆
壺几匱廚櫳牀一一撞之碎惟恐物不戕然後謀飽槖
首選白与黃有錢或萬貫有珠或一囊有薪或千車有
米或百倉珊瑚翡翠玉海中之奇香灼〻目不識棄在
塵土芻羅綺錦繡段紅閨舞衣裳鐵體衣十重山鬼跳
太陽閑然鳥獸散頃刻荊棘場吾國謂此賊不稱星天
狼實破敗五鬼天使來披猖居人夜潛歸無聲淚浪〻乚
我家何所有家具甃中人從賊泥沙之豈值錢千緡獨
有書八廚自謂家不貧我父客四方前後五十春歸必
載數篋用壯車前塵我兄嗜彌篤廿載朱門賓少小不
去

好弄惟書道津津生平所肆力目録學最醇故能擇英
華片紙賞必真我承父兄教差亦解苦辛洛市十餘年
所聚略等身兩世三人勞羅致傳家珍讀之方未盡每
愧紅蟫鱗以視百城擁誠如附庸臣井蛙而遼豕未足
誇龜麟要資儉腹糧聊當粟一囷況有希世物呵護宜
鬼神此皆筆耕得善價分米薪非果有不廉詎令天生
瞋胡亦為賊據屋悔西南鄰閑我尊閣地萬難今司晨
可想油素積賊見怒且顰大半供爨燭劫火同暴秦否
亦污穢甬布囊紛前陳天乎無乃惡我淚常沾巾惻惻
念吾寶寶甚金与銀慘哉苦根香終古不復新

賊婦作何狀畧似賊裝束當腰橫長刀窄袖短衣服騎
馬能怒馳黄巾赤其足自從入城後忽效吴楚俗夜叉
逞華妝但解色紅緑彼或狐而貂此或紗而縠鬼蝶遭
風翻豈問春寒燠頭上何所有亦戴花与木臂上何所
有亦纏金与玉錦綉不蔽踝但禁裙六幅更結男子襻
青鞋走相屬齚舌紛笑譁磨聚踞高屋朝去朝賊王宫
以女頭目既定兄弟籍乃畫姉妹族賊呼男皆曰兄弟賊呼女皆曰姉妹不
以老幼異稱大索從閨房一見氣敢觸慘〻眉共蹙撞〻心
頭鹿小膽皆鼠竄修頸半蟄縮呑聲出門行敢云路非
熟十里更五里尚謂行不速喃〻怒罵多稍重且鞭扑

六

襆被未及攜知在何處宿來死無死所求生則此辱苦
恨小兒女徒亂人意哭棄置大道旁不復計慘毒長者
乞食詐幼者蠅蝎蔟我急還家看幸未被驅逐
三月二十八有賊叩門急我先出門外去賊十步立其
旁一人着善氣似可提稍〻前問訊家乃楚夏邑城中
販麥來被賊苦拘執千里驅相遣簸鶴雙翼賊謂我居
廝戶毋貪蟄蟲蟄遍日括婦口一一豚入苙今已至此
方豈免駒畫縶有婦性和柔賊畀爵一級此方所經營
意在澤鴈輯汝室速作計咸里廣招集故廬仍可居庶
幾便樵汲況汝有病人衾裯亦所習當斷若不斷黯〻

閉門泣坐待賊掠擄噬悔無及彼賊皆蝮虺枯莞在
許吸我閭感其言不覺欲長揖往告鄰家婦附處約三
十當闌施闌幕藩籬畧修葺妻兒蹄閭語聲尚通嗚咽
老母室内眠我遂不得入我有然諾友業繡錦重襲其
家財所留逋客佰兩什且往從之謀盟似責車笠脫身
寄朱家觴豆都仰給朝去市餹粉貴抵羊乳汁雛子与
菰蒐聊當紫萁拾踵門邊遺母饔飧冀加粒歸眠複壁
中夢醒被池溼
將軍遲不發賊愈得意鳴一軍將北旆一軍將西旗居
然據蝸角豕突思長征前所得健士逃歸半空營城中
支

吏選人萬千立取盈凡在工商賈按冊尋其名初猶作狡獪各以贏老吏賊見皆唾棄唾棄為不精擾擾十數日賊亦知此情乃為揣摩計中夜雷交轟簿録臥榻側牽去如春醒或則假他役賺之出嚴城授棘江上岸載以空舟輕甚且要諸路邏處施長纓纍纍獲千頭歸紡庭前樞監守網愈密語卽蛙目瞪有亡則荒闃同室巢俱傾偏伍既畧備命為前驅兵其後楚北虜其後楚南黥最後數粵賊高騎司鼓鉦日必窮足力次第相告偵茍有返顧者速殺尸前橫飲泣操戈矛安知幾許程猶幸所至潰賊自馳先猶偶遇 王師怒萬死無一生捷

書則曰賊某日先登爭匪等獲大勝此戰敵克勍可憐
蒼与赤遂作鯢而鯨九泉哭訴天豈復違　聖明我雖
棲扁柯一日常數驚身無蟬翳葉終恐受醢烹老母聞
其故手書斯勸行
我行既已成如雛唬出甕區區殺賊心尚未解醉夢自
謂賊中來賊情億頗中懷刺干軍門聊以所見貢要之
為鄉里泣血大邦控顧求返魂香敢比益智糉我言賊
易攻不信試詢衆雖在五尺童亦知非鑿空何期賊命
長我力難斷送徒以全家陷此計仍拙弄長歌痛定篇
能定阿誰痛

六

過龍溪見製小戰船知將由後湖緣臺城者也漫
書十二韻
百手丁二斧剡舟七尺輕傳聞習流隊作計戴星征將
渡汜南水因登宮舊城裹糧窺閒道持練集新兵棄擊
池鵝亂誰鞭天馬行不冰橋豈合有樹塹難平一葦浮
中夜千金當木罌飛來同巨筏越頸定長纓此地賊無
備其功今可成如何當大道已自播先聲洛恐囊沙壅
淮防燧火明寄言籌筆者甚矣子之情
北去之賊自江浦過滁州出臨淮渡河陷歸德圍
汴二首

向公子當三山當孤軍甘援予決其必敗其敗予說史公忠日予與胡子紀常至瓜洲城遂敗云

此賊江南去當時誰守江生平向公子國士欲無儔列
悵關蹲虎先鞭夜避花只今歸不得未戰莫疑降
竟出中原路由來古戰場豈知千里遠更少一軍當無
限杞人意憂非在洛陽從今古天須努力步〻要金湯

一起佐峭

追紀五月初十日事贈同學張君

面目逞黑汝何人試數行下為我訴四月之初脫羅網
自念殘命甘從軍獻書首言籌兵事為有城內諸逃民
誰無父母[illegible]知妻子欲救奚翻溺與焚仇讐赤丹苦無計
及鋒而用斯御恩民愚豈不自量加含生萬一能生存
此議初上未許可同病人已先知鬭螳勇逢蛛義願效死

十九

民雖切齒究須告軍奮勇方能破賊大帥始知此等人當滅阻之所抱眾怨始確之則民銳已盡民怨亦解其所其奸也

四千餘眾何紛紛。一錢粒米不受賞，但憑鵝血盟言真。
五月初九奉嚴令，按圖索馬當明晨。明晨官軍大破賊，
急須此輩從風雲。是日四千人者至，各囊大餅懷在身。
短衣特書復仇字，刀光犖犖秋水新。折枯湯雪期一舉，
拔山淩波豈等倫。官軍或言戰危事，怒髮上指眉不顰。
此時有進已無退，萬足齊上天邊塵。行行去城未五里，
賊纔望見齊反奔。偉飛猱進逐之猛，評聲直徹高城垣。（此却未必）
城垣巨礮喑不發，重門洞啟無人門。全城已是掌中物，
只欠合戰殲殘魂。官軍步步常在後，到此忽佔中四屯。
大旗舞動金奏急，道有地火埋機輪。城中了無立腳地，

实有此事乎
亦闻而恨之
入城字宜改其
时未及城而退
第二韵字可改以
连用韵小此篇之
律也 收意似过
句亦未谐 此首在情怀实事

读此诗足使
后往诸记可
篇

如雷震起都千鈞國知賊不解為此曾何所見留云二
嗟乎民本非賊敵大力情有官軍援僅能孤行自殺賊
在城豈情清妖氛今著官軍既告絕近城復退悲風吞
從此心寒氣亦短勢難復聚飢腸餓君謂此事可恕否
哽胸熱淚冤誰論我今告汝冤休論將軍驚汝方汝瞋
籲欲殺汝訓汝動僅其殺汝訓汝動汝今已作無聲燐

六月初二日紀事一百韻

將軍刻日封鯨鯢大睡忽得人提攜更不突守處女閨
初時頗聞兵怒詆謂我一戰身則羈重賞安見信有輗
且縻日餉河滿觼誰以性命為稗稊僅欲狂寇庭全犂

此處須寫出大帥
體士苦心更佳

即所謂苦心處也

除非有牽乳自舐將軍畏兵虎畏惋衝冠一怒恐噬臍
驕兒愛子言笑睽阿孃敢勿謀餔餟先期大饗聊止嗁
軍怗火急一卷批牛羊豬魚鵝鴨雞茄瓠蔥韭蒜菔蔴
桃杏櫨菊菱藕梨酒鹽粉餌油醬醯五日購物車擣舊
六月乙亥明猶黎將軍夙起列羽蜺命所親卒馳駃騠
傳箭代建千營齋繞營三里借竈炷釜甑不足襍瓿甎
庖人累及民家妻咄嗟而辦髮未篦百鉢顧句奴充奚
流汗被面洗面鬢草年宴畢山之蹊銀刀雕題相招攜
廝邑濫進蠻情齀若風若崽羼韝韉祖撥崔躍紛推擠
布地作席瓜分瞭穹廬洞徹渠荅軋渴鼉一呷酒一樽

將軍可惱

如畫如話

餓狼一咽豚一蹄如紙立剝如淮澌須臾腹飽酣顧寰
抹額緩縛衣姿襛腦後各杖螺髻笄螳臂半露文身鑿
僊僊胡舞學白題孰為巴瀘孰羈氐歌聲不辨鴂与鸝
淫哇襍迷下蔡迷公然趙女行媞媞花帽利屣長袖袿
箏琶勸醉柔玉荑最後將軍申文緹循行親執雙偏提
酌其隊長詔曰緊諸軍勞苦御夢睽賊不足畏胡吹鼙
幸為我盡敦兇犀犟種罔赦卿与麾書功上上行析圭
瑛賁聽汝塞蹇谿家人慎勿多勃谿乃致自瀆黃金隄
此酒可當盟牲封生死交顧諸軍締切之和之惟汝蠵
言畢亦釃紅玫瑰萬夫一諾天為低歡嬉拜謝日已西

廿

明日之日吹大蠡人〻刀劍膏離鞭厲矛淬鞍劉變鍾
盾鼻上索矢飲鏃洗鎗雷動鳥避棲禱神紅燭光騰奎
飡飥分寬乾糧齋更鎖鐵幕脂綠韁旌幢搖〻皆皂綁
黃昏噭過揚狂鬣傳聞此戰惟鳴鼙環城四面分航梯
苟有一人顏慘悽返走半步生難猴軍法所在霜威凄
誓不令賊誅重稽將軍方終入蔡驪影壇危坐藤蘿萋
露布已疊千赫幟入告庶慰天心懷一時驚喜徧旌
倪譽積陰雨看紅霓道旁萬頸延蝤蠐耰鋤儗捉歡脫
罽香花迎祝將軍禔夜不敢寐朝陽蹻捷音杳甚秋瘖
蝉日中纔聽怒馬嘶但見泛〻如梟鸞兵不血刃身不

泥全軍而退歸來兮
8與楚兵說賊自武昌至江甯事甚悉有憤
旣有威名賊膽寒楚吳底許兩家看若爭先著拔層旅
幾見多功薪好官嫁禍離身開網功養癰入骨解鈴難
孤恩此事莫堪殺坐視連江十郡殘

初五日紀事
前日之戰未見賊將軍欲赦ニ不得或語將軍難盡誅
姑使再戰當何如昨日黃昏忽傳令謂不汝誅貸汝命
今夜攻下東北城城不可下無從出三軍拜謝訴乃去
又到前回酣睡處空中鳥ニ狂風來沈ニ雲陰森ニ雷

廿七

將謂士曰雨且至士謂將曰此可避回鞭十里夜復晴
急見將軍天未明將軍已知夜色晦此非汝罪汝其退
我聞在楚因天寒龜手兩戰難乎難近來烈日惡作夏
故兵之出必以夜此後又非進兵時月明如晝賊易知
乃於片刻星雲變可以一戰亦不戰吁嗟我將軍作計
必萬全非不滅賊皆由天安得青天不寒而不暑日月
不出不風雨

8 有賊回據安慶且入楚矣二首

賊自上游至長江路二千連城棄如屣原不解乘船南
國萬檣集東風一炬便何期多護惜卻助勢滔天

早燒賊船了
乃此事

專閫非無意留他去路長可知重入楚未必是還鄉北

旆通河洛西塵接蜀羌掌紋吾暗數桼室替徬徨

初六日將辭諸營而去

蒭觀不覺舉棊蟣臬鳥聲多漸惹瞋吾舌能令金馬注

軍心只似木難馳侯嬴有劍難從死伍員無簫欲救貧

徒贚北堂占鵲報精兒已作後車人

馬總戎龍聞余將去欲以一帳處之並有饋金意

書此見志

從以餘生貸難忘越俎愚本無貉可敵休問鮒將枯此

去從傭磨遺人冐濫竽但煩他日念吾說或泪誣

廿三

8 初七日去大營擬寄城中諸友

十萬冤禽伏此行誰知乞命事難成包胥已盡滴泣淚
晉鄙惟聞嘆喟聲自古天心慳悔禍雖余人面錯偷生
一身輕與全家別何日歸魂更入城

於蜀兵處見一五銖錢較常見者輪郭大三之一
銅質澤甚綠沈入骨決非贗作鄙見為諸葛治
蜀時物蜀人相傳是漢武帝賜諸將者語無可
攷漫成一絕句

鄧氏銅山已劫灰此錢傳自柏梁臺當時誰買臨邛酒
親見文君數過來

枕上

角聲慘裂鼓聲沈。馬更聲〻不肎瘖。西風作意教人聽。都有生平一戰心。

8 南師九首

長揖軍門暗斷腸。賊感都仗我兵揚。四年不信七經畧。萬里從無一戰場。人拜馬頭如歲望。公輸鼠膽欲宵藏。大名枉說來西蜀。那有閒心對太陽。

餘子優伺煮後鑿。大家巾幗早無慙。安知真病生非福。盡奪高官去也甘。厭客論兵妨勤睡。顧天殛賊作常談。頭顱未肎輕兒戲。夜〻燒香徧佛龕。

用舊表時賦事

告示大言欺人者即日克復指日收復不日收復更不言日矣

此君民部但之說不可入僚當日門名鎮名時大將所改詩意重在於向此批語矣

登壇拜後總書生。下第慵談紙上兵。報　主。但遵時賊養逃人。便占國殤名。盼他帆影消天去。聽我鐃歌匝地聲。昨日衝冠違一怒。是誰癡絕請攻城。

畫灰高畧捷書窮。狂語欺　天任捕風。道殫無言克虜獲。軍儲有計報虛空。家肥自感　君恩厚。師老仍誇士氣雄。箕輩得官蒙　上賞。臣身猶在夢魂中。

益智休言小草無。如今門亦號菖蒲。時以賊魁楊秀清為蛇精故改滄波門曰菖蒲門淳化鎮曰雄黃鎮欲以厭之可能蛇斬憑神勇。翻恐狼聞笑汝愚。毒罵儘馳殲賊檄。歡顏頻拜饗軍酺。黃昏帳下何人劍。絳有將軍斷脰誅。

此段内乃賊所
为

嵎負披猖意未休。臨風誰為斫楊頭。諸君大半皆秦孽。
餘日何曾學楚囚。船上簫聲淮水月。樽前酒色蔣山秋。
渾忘身是閒雜客。不及嚴城鼓角稠。
近來驕子似仇讐。上將威聲晝罷休。磨盾傳先書貸殖。
枕戈鄉竟號溫柔。豬奴獻具錢連屋。鷺粟花膏火競篝。
循例繞城頻挑戰。睡醒猶喜戴吾頭。
一片刀光慘黑場。千郊萬落半成灰。軍威卻有吾民畏。
賊過何曾似此來。繡野經時行路斷。冤禽避處哭聲哀。
只應報道紅巾至。魑魅猶能暫嚇回。
偷生自恃 國恩寬。日〻 官家盼好音。飽食又經過

芍

四月訓功莫更李千劍問誰單騎能營寇賴此長城始
到今自古平津屬閫將斯人休使再寒心　謂張都司國樑
8宿湖熟
故人勸我醉謂醉睡才美突杯猶未終簫鼓震天起初
疑邨賽神或則嫁取耶既醉將就枕喧聒竟不已又疑
俗太惡回車地可鄙是時夜將闌門外月如水頗聞門
外人語似髣彿喜往觀定匪遙何惜一曳履乃見河邊
樓拉襍結紈綺紅燭垂〻明秋星列壽九上座揮汗着
七八妾男子高歌弋陽腔太半聲淫俚下邊年少兒楚
粵軍中士一一羅衣裳亦復綠与紫四剪更有誰脂粉

綷綀嫏酣嬉軍士前非婦亦非妓樓下紛喧闐人數不
可紀餹餅与瓜果居然夜成市道左揖老翁借問何為
尓云是病者兵遊戲到處止邇日此鄉居去營五十里
夜二喜聽歌歌豈當醫理可憐醇樸鄉沈迷詎至此自
從官軍來一旦喪廉恥愚民怒敢言有日賊殺死我閭
歸不眠悔命軍門筆一縮湖熟橋軍門可知矣

湖熟見鎮江潰兵歸二首

猛將傳聞在潤州如何子弟太風流都將絕妙封侯骨
賣与江東菊部頭

全局居然子盡輸可應帳裏淚痕枯符離酣睡誇心學

六

多恐將軍是宋儒

酒人船歌有序

余友熊君自龍溪顧一舟邀余同至王墅既登舟則舟人蔣姓其舟囘每歲泊城内運瀆河去余家僅數十步余与陳子月舟何子潛成小作妝點常遊於青溪數里一時士女皆許為酒人船者也當賊犯江時幸脫出在湖熟日以供行客來往其舟中之物則皆灰燼矣問舍未已向余泣下余亦不覺惘然復買酒与熊君盡醉作此歌詒之

龍溪橋上酒人醒龍溪橋下酒船冷酒船舊泊城南河
曾費酒錢如水多每迎花片飛紅雨便劃萍根送碧波
櫂聲驚動提壺客愛問青溪潮聲尺張鐙不學夜銷金
邀留難忘春泛宅此船不与衆船同青蒸為闌布作篷
竹几藤牀宜釣具香篝茶竈稱詩筒朝來載酒青溪去
只覓有風無日處渡頭垂柳樹間藏巷口紫薇花下住
斜陽萬丈徹中流更借層陰傍畫樓一路卷簾催理曲
歸家燒燭照梳頭渠儂纔起我儂醉窗裏歌成船裏睡
吹簫打鼓暮霞邊遥指船如火龍至船前天上月華生
月為船多不肯明移船我卻尋明月北出青溪郎偎窟
乇

酒力辭人欲化雲月意侵人都入骨五里煙寒芳草岸
蓼穗成團紅不斷風過輕分宿鷺閑露沈濃壓流螢亂
菰首橋邊盡處停恰遊漁大夜寒青何處魚山吹遠梵
多時銀漢看飛星更闌漸受宵涼足船回須繞青溪曲
青溪船自不還家千朵萬朵珊瑚花錦城步步無歸路
一觴柔聲一觴遮四邊蘭麝熏人走無計別離仍買酒
一杯還賞落鴻驚一杯替罰濃螺醜罰太分明賞更勤
銀箏無數不知聞但論吞海能千斛豈惜如泥又十分
沙棠林列全無色歇舞停歌看飲劇酒名狂到玉釵知
笑聲催轉金輪白從今許作酒人船弄船人亦酒鑪僊

問酒從來暝俗客浣花早与約明年明年約已今年到
今年春被潢池盜青溪羅綺半煙塵何論青溪船上人
船是鯨吞遺下物人是鵰嘑死後身人將船共依邨社
來往炎官張繖下田奴書作趁虛斗驛兵債當傳書馬
有時風雨窗蒲葭晚飯篝鐙自歎嗟誰信小姑祠畔路
曾伴天孫門外槎此人此語太辛酸況我方悲行路難
何意相逢偏在此聲聲痛哭鷗鳧裏坐上疑留當日香
眼前還是東來水橋頭酒價問何如少得停船一醉無

至王壂喜晤蔡紫圃 琳

我行至善橋。即知君已歸。題壁數行書。明明君珠璣五

六

處蹤跡。君先後常相違。我遂至鍾山。妾欲憑軍威。句當
金陵事。一鞭借指揮。抵掌千萬語。語〻乘兵機。善刀昨
乃退。身在還苦饑。今朝喜逢君。君體亦不肥。君行新年
初。二月至 帝畿。 帝畿就駕時。南事日已非。翻然辭
春闈。手指身上衣。驅車急還南。豈不夜策騑。詎知賊在
城。反是官軍圍。只今三月餘。不見慈親闈。君母幸安善。
君婦能先歸。故居雖已還。姑婦仍相依。我況母多病。桑
榆尤珍暉。身本留城中。往〻賊察譏。久睽晨与昏。難守
雲邊扉。老母因命行。萬一解縶鞿。所志竟不成。無分司
鼓旂。君嘗謂我何。豈為知音希。龍溪澄之子。亦復同歔

題須改

款寄書欲迎母。安得空中飛。歧途吾三人。未暇談式微。擧頭天自寬。但見陰霏霏。

讀邸報

主憂原不責諸臣。雌守頻年已苦辛。長肘可知縣斗重。小心猶勝慶錢真。禽王說竟愁厮養。報國身如隔越秦。誰信九重揮汗日。詔書中晝睡鄉人。

鎮江潰將僅奏請褫職仍領兵駐金陵

休論軍聲似海沘。刀旗也值餙車金。參雖可會難詶罪。謾竟無誅為賞罰。蔽日卻能身是膽。渡江豈有肉為心。何時更請頭銜復。料得奇功費酌斟。

十六日至秣陵關還赴東壩兵有感

初七日未午。我發鍾山下。蜀兵千餘人。向北馳怒馬。傳聞東壩急。兵力守恐寡。來乞將軍援。故以一隊假。我遂從此辭。僕僕走四野。三宿湖熟橋。兩宿龍溪社。四宿方山來。塵汗搔滿把。僧舍偶乘涼。有聲叱震尾。微睨似相識。長身面甚赭。稍前勸勿瞋。幸不老拳惹。婉詞孰（向）何之。乃赴東壩者。九日行至此。將五十里也。

得祁兒死信一百三十八韻

當我行計成汝病三日矣汝母送我行詰汝病何似汝母謂汝念癥靜亦遺矢惟聞爺將逃意似愁不喜母令

前牽衣涕泣難熟視其時事太急欲夜闖賊壘不復与
汝見脫綱三十里明日書報家尚問汝知否戒汝病甫
差勿食桃杏李汝母寄我言汝第貪粥飽五月二十六
紅日西滅執我方寓樓眠如夢背驚訛明〻汝投懷電
掣光倏彌嘿以心注心頃必汝魂駛兼旬憶汝勞望信
斷鴻鯉六月既望夕我舟秣陵艤舊僕城中來特奉汝
母使初道汝尚病音哽襍啇徵怒使畢其說不覺清淚
瀰始知一月前汝母設詞誑念我千軍門恐亂人意耳
我行辭家時汝實困脉第其後體益沈弱肉消至髀終
夜長瞀嘶譫綣躁自號脣焦飲索冰茗盌碎諸齒大氐

卅

汝驕陽墮地肺熱瘖昔惟犀与盧性命得所恃賤中買
藥難致汝藏府毀前日來尋翁乃果汝魂是是時汝迷
瞀良久氣復弛明旦雞三號汝遂蟬蛻委不從生父生
竟從死父死祁兼嗣為先兄子五月二十六日為余生日而二十七日即先兄忌日也祁於余生日天初明時已危甚忽張目謂其乳婢曰今日非翁生日乎婢曰然祁不復語其日入時遂昏去數刻蓋即入余夢時也既漸蘇至次日天初明時始氣絕乃与先兄死同日若果有意為之則尤可悲矣汝生今
七年材地雖不美已識數千字可免亥誤豕尔雅蟲魚
名偏旁敢縣揣毛詩四萬言琅琅畧上背諸家蒙求書
熟記古名氏索解稍易處捕亦達大旨性尤喜塗鴉禿
翰獨墨滓虛空暫無人破壁走蛇劣袖中鐺粉錢都傳

毛竹紙我嘗惡汝貪歎汝學種柹自汝伯父在邨之嗣先兄在
先兄棄世之後母命姑仍舊稱蓋欲待余再有子也則邨之稱伯父久矣故未改細意校文史
殷勤鑿楹藏顧汝立階戺往往笑語汝爲汝儲耒耜他
日遺汝田在汝好耘耔於汝無多求但願作通士汝意
殊欣欣自命語甚侈期盡手口之然後從宦仕居然中
結習油素好積聚凡我所經營草稾尺有咫下至焚棄
餘點黠半瘡痏皆汝縹囊物排次納之匭有如希世珍
尊閣私在己他人苟誤觸汝必瞋且訾昨者賊之至倉
皇畫室從盆甑各負戴廚榻互角掎汝猶抱束筒當戶
喘而俟繼聞屋桊雞書棄若敝屣一賊憎其多朝趂積

卅一

薪燬汝獨大詛罵恨不及狂兕与書殆夙緣屬父差可
儗湍意汝長成雕蟲世其技汝面方如圭汝目澄若水
汝髮纔總角早自矜帶履準爺作裝束翻不慕紈綺每
言是男兒詎与嬌女比戚鄰羣童中庶幾鶴雛峙汝食
雖韭蘆數必爭兩簋食徹誇留餘分餉諸媼婢小妹奪
而去亦不難色鄙向夕我飲酒汝志在染指姑未之殘
瀝敬立執壺釃須臾竊舉觴眉宇潑脂紫備聞偶戲劇
囂噭厥衒市最好為館師端坐據高几不知誤訶誰發
發責人跽有客來叩門汝即先曳趾肅拜通寒暄遠勝
儕輩俚或再試之無突談掌竟抵常博高軒譁謿我喬

遜梓汝性微戇努汝母屢笞箠我惟挫汝鋒命杖輒中
止汝卻畏爺甚頗解折葼恥縱極剔騾人我詩則唯唯
凡汝平日事了了不勝紀敢曰癖譽兒猥效王福時原
非阿龍超（邦小名阿龍）大要老牛舓何圖玉之樹香色結空
藥豈免猿嗁枯茹痛徹筋髓更念汝大母痛尚當倍蓰
頻年大母病長臥不能起百無一歡腸獨愛汝步趾知
汝習禮貌不惜錦帛被稱汝幺身裁改製服褆褆謂汝
多老成決是好蘭芷但非蓬近麻猶恐橘化枳聞汝鄰
塾歸當飯必停匕召汝叩所學詞句覓瑕玼日課責既
畢賜汝最肥胏慮汝睡之晏燒燭還繼晷授汝唐賢詩

記韻棗栗以汝讀請大篇顏靨笑口哆夫豈督汝嚴欲
汝璞恆砥且藉遣老懷課孫樂故亦我之為逝人汝代
職滫瀡有汝在眼前門閭可無倚一旦天奪汝招魂室
伊邇能勿肝脾摧空拳枕衾捶哭久喉舌啞涕唾滿槃
匜至撫汝病者汝母姊若奴遥知汝病篤會已減糠秕
頃來火應斷塵浛土竈錡向人作噎嗚面垢髮弗纚癡
絕焚紙錢賣畫舊簪珥汝今掉頭去野路陰風裏幸有
汝伯父挈汝竄荆杞相依九幽居鬼屋何處址晨夕儻
嬉遊想訪汝褘姊飢寒當汝調汝更幼於彼可知憶生
人黄壤陟岵屺可知生人悲黑海失涯涘況我近中歲

汝外尚無子六世二百載金氏孰尸祀（余家自宛平遷江甯已二百年）（及余為第六世惟余一人而已）兮顧影此孤注神悸魄潛靡尺恐羸者身我病復此始闊汝奄逝後桐棺賊禁庀貤汝故衣櫝四周實纍梟昏夜急埋汝偷掘菜畦坻淺土封汝穴仍僞種蒿芑暫免狐犬撥溺甚斯亡圮我瞻金陵城鑪鑄萬千雉將軍收城事未易時日殷他年尋汝墳汝定飽螻螘嗟哉我今生無見汝骨理哭汝不成聲濡筆書於此字皆汝所諱聊當祭汝誄知汝聞不聞寫吾哀而已

8 講園

四鄉環郡城地近五百里郡城處其中百之二三耳以

外皆膏腴有古數縣址五里或一鄉十里或一市鄉市
繁居人十萬戶何止況皆聚族處著祖父孫子承平二
百年十世盛生齒太半富有田名久埒陶倚連房各千
霄峻与雉堞比賊今踞城守勢已建領吳賴有官兵團
賊尚未至此諸君當此時豈可巢幕喜官兵日以老戰
勝未可必賊糧餘無多早是縣罄室遙瞻陌与阡青苗
密於櫛晴雨無愆期滿卜有年吉竊恐賊狡獪陰伺農
務畢刈稻從瑯琊一旦潰隄出諸君孰當之此其可慮
一賊縱無此意忍餓不一至頤闔諸道軍餘丁善生事
當路掠貨財夜与農屋寄農材皆至愚愚則召嗜利豈

無籌者種潛挾跖蹻志鬼魅來無蹤巢穴據便地諸君
孰討之此其可慮二郡民縱善類歲豐無過貪城中逃
人多幾許露宿男近者天暑甚瓜果各遠據餬口錐刀
微破綺何能軀眼前秋風生體赤僵如蠶負販物漸稀
寒餅未必甘但使紛乞食囂聚已不堪且勿設他想更
作驚人談諸君孰驅之此其可慮三我為諸君謀不如
急團眾團眾眾何人即此燼餘關凡能為患者材武必
自貢選而衣食之緩其有生痛然後教之戰刀稍責命
中請以三月期決不兒戲弄感恩斯效死敢復身命重
若得精卒萬以百健兒統差非官軍流日々在醉夢此

节

三可慮者可慮使可用用之何事始始斬亂絲亂將軍
有明令軍法列星棨羅或毫毛輕指名頭立斷殺為白
晝劫胡容若輩悍今之團鄉兵本以衛閭閈藉解行人
圍詎謂耕鋤法宜參保甲戶口籍重按雖極荒僻區
行振必夜扞示以聲威聯有警鼓赴難家儳藏老奸風
聞定先竄此二可慮者可慮使可散既散墟落塵吾兵
亦散處四圍當賊衝以備賊大舉何山賊經過何水賊
渡所何徑賊步捷何營賊氣阻米粟毋歸屬棊布各防
禦步步仍譬閭疆界無尓汝臂指相趨援百隊同一旅
此一可慮者可慮使可拒可拒僅可守可戰即可攻可

守則無患可攻斯有功賊意欺官軍不敢來城中幾輩
賊大方分寇西而東見衆守城者罷劣襍窶童不過三
賊王喝負虛聲雄及今奪城入譬乘船順風時乎弗可
再未聞兵遲工又況所圍衆來自無家窮孰不念婦稚
痛哭常椎胸刲丹仇讐心腫亦髮上衝与言奪城事真
若振聵聾一尚可當百所貴試及鋒我昨挾此說欲佐
將軍或將軍領其語且會蛤蜊蟲志在賊自去還与粵
楚同諸君儻此行慎勿官軍從計惟語將軍聊乞遥傳
烽捷苟萬分一將軍專侯封將軍或見許不致成算空
他日諸君勞　帝豈無訓膺吾黨二三子心事燒燈桐
苦

不願列姓名但願觀始終所費團兵貲卻非錙与銖諸
君勇解囊何惜財區區上荅 列聖恩下恤冤禽許遠
銘 國鼎鐘近完社枌榆留意此短章濆聽諸君無
8 是役也蔡君紫南實居之余首附之蔡君為文以示
四鄉諸君子余就所議語退而以韻將排比之不敢
為才語向人也議凡十日蔡君遠病城中同志之士
不期而集方山者蓋數百人而勇於任勞怨則余与
何君濩成孫君瀅之不敢謂後焉至於難民億萬輩
願与於奪城之役者已相望於百里數十里之外矣
時四鄉諸君子以次至意亦許可諸義助者漸有成

數有前太守厶方說許撫部鳩鄉人金以復城後入賑遺男女為名撫部韙其計鄉人前已謬許之及聞諸君子之德此舉有成數也則恐不利於其所為乃以危詞聳撫部撫部竟撤上元江甯二邑金收与此議者未饜義興周玘之誅幷賈東陽許都之戮於是議中寢矣竊謂當時此議若行振臂負隅蟲沙集矢其於收城之功蓋亦未知得當与否若四鄉之防則三年來必有如一日者賊安能久延寸喘以至有今年五月之慘耶憶癸丑之十有一月所下　上諭有聞江南士民傳書誓眾助戰攻城云云似此議聞諸

京師得徹 聖聽而已無救於一紙之爰書卒之
荷登會人陰獄無霽段漊送女邨井成疾城未復而
鄉亦靡焉其怨不得不有所叢也丙辰八月補識

8 方山夜坐

山僧嬾留客敧榻委泥潦病牆飽雨痕地角生綠草我
倦命枕簟酸汗夕未澡頗期蝶夢甘靡味虀頭臘蒲扇
難停揮熱甚大煩惱起來當戶坐立地上逢島是時孤
月明浮雲散參縞松杉張直蓋團影無荇藻露腳侵衣
襟清趣耿在抱四邊蟲鳴多久聽壯心槁此聲將秋來
可知人易老一劍磨未成鬚眉恐已皓半空風忽狂如

吼走南道幾欲挾山去力直逼青昊豈其魑蛃雄志靏
星斗寶嚴陣此夜行萬怪振祺蓧柳是虎之孽阬谷死
灰燥思鑿銀潢流野嘯呂犀豫使我毛髮竦齒噤魂失
保如何太虛府戾氣許橫埽九閽怒有權聲罷想致討
雷部多還延雌伏似褎嫗憑誰奏便宜痛哭向大造有
客軒而詩妙語笑絕倒謂蚤盍嚙蝨蝨或撲殺蚤（此孫君澄
之語）知君苦織蟲眠亦不復好荒邨雞方嗁休辭起舞
也
早

8 奇獄

奇獄驚神鬼含沙幾費愁欲憑城社力一網盡清流不
芝

復有人理將無為賊謀黃金啓汝智吾輩又何讐

8 避喧

避喧且障眼前塵鉤黨風聞事竟真弊輩逢官瞋滅賊何時長夜醒逢人只揮熱淚訓同輩時城中逃人聞有方山之謀已皆於所居郡鎮泣血誓眾以待翻寄權詞慰老親不道壯心如此盡回頭仍作苦吟身

8 軍前新樂府四首

8 黃金貴

黃金貴貴何似一兩舊值銀一斤如今一斤有半矣借問軍興時黃金又何用路人笑且瞋軍中買着眾大帥

積錢塞破屋老兵積錢壓折軸縣官錢尚如泥沙各買黃金私寄家黃金著翅飛天涯自從二月官軍來督戰未暇先理財所纏黃金囊可纍黃金臺軍中黃金多市上黃金少朝市黃金貴暮市黃金了吾儕覓得金錙銖尚博全家十日飽書生聞之笑口磨昨來悔不談黃金一言或動將軍心將軍努力入城去賊是黃金如土處

○○無錫車

無錫車聲隆隆百[illegible]肩東手鮓封醇酎十斛蒓十籠白布萬端衣可縫圓蒲五萬能生風不腆土物軍前供軍前供執所致下邑士民犒軍至毛仝自拜諸將賜當暑

卅八

聊存牛酒意叩門先謁中丞吏一日二日車初來三日
四日車未回五日六日車夫催車上物無人收車夫辭
夜露宿愁物下車遠道留車夫明日餓死休車夫譁吏
有語中丞誰住開府汝何人斯通縞紵必有黃白金一
囊可亦青銅萬貫許汝宜急補物阿堵汝聲再苦則殺
汝車夫哭相告我是郡民鑾城中命我來一刺一禮單
刻期速我還雇值尚未完士民非屬官況責賄賂難吏
瞋方罵奴騰大中丞無言策馬過車夫含淚守車坐市
儈來挨無錫貸

接難民

接難民善橋東接難民善橋西善橋東西路易迷難民
出城必到此賊或追至身爛糜文者官武者將跪居將
軍語甚壯願分一軍善橋上還為難民援能使賊膽喪
將軍諾諸君樂善橋東喧鼓角善橋西旗幟卓老鴉噪
曉日出纔軍士提刀紛走開或隱山之阿或伺水之厓
東縛難民橫索財殘魂驚落面死灰豈無碎金与珠玉
搜身逼脫韈絝鞋亦有鈍物稍倔強即謂賊諜城中來
殺之冤骨無人埋難民過盡軍士集諸君帳下蟻環立
若官若將十四三軍士瓜分十六七所接難民凡幾人
如今幾處沙頭泣有時真有賊追至諸君按甲似無事

光

半邊眉。

半邊眉汝何來太守門下請錢回太守門何處所鍾山
之旁近大府大府初聞難民苦公家徧括閭田租旁郡
金辦上戶輸一心要貸難民命聘賢太守專其政太守

讀議園以下諸詩時〻之人投上指

曰難民多一人
刀對人立一刀
果奇作蠹術更奸
巧豈但無眉人不來有眉人亦來都少惟有一二市井
奸賂太守償二十錢奏刀不猛眉猶全半邊眉可三刀
爲否則病夫真餅殺瘋心尚戀一朝活拌与半邊眉盡

接難民善橋東接難民善橋西善橋東西路易迷難民
出城必到此賊或追至身爛靡文者官武者將跪居將
軍語甚壯願分一軍善橋上還為難民援能使賊膽喪
將軍諾諸君樂善橋東喧鼓角善橋西旗幟卓老鴉噪
曉日出纔軍士提刀紛走開或隱山之阿或伺水之厓
束縛難民横索財殘魂驚落面死灰豈無碎金与珠玉
搜身逼脫韈袴鞋亦有鈍物稍倔强即謂賊諜城中來
殺之冤骨無人埋難民過盡軍士集諸君帳下蟻環立
若官若將十四三軍士瓜分十六七所接難民凡幾人
獲者如今歸處沙頭泣有時真有賊追至諸君按甲似無事
光

8

半邊眉。

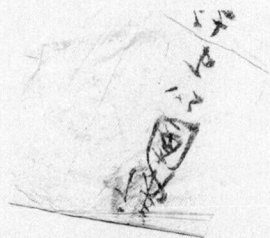

半邊眉汝何來太守門下請錢回太守門何處所鍾山之旁近大府大府初聞難民苦公家徧括闔田租旁郡金檄上戶輸一心要貸難民命聘賢太守專其政太守計曰費恐濫百二十錢一人贍太守計曰難民多一人數請當奈何我聞古有察眉律許僕持刀對人立一刀留下半邊眉再來除是眉長時防蠹術果奇作蠹術更奸巧豈但無眉人不來有眉人亦來都少惟有一二市井奸賂太守僕二十錢奏刀不猛眉猶全半邊眉可三刀為否則病夫莫餓殺癡心尚戀一朝活拌與半邊眉盡

劉吁嗟乎有錢不請非人情眉最無用人所輕眉根不拔毛能生徒令人醜紛惡聲利之所在人終爭人但有眉來有名太守此日長街行見有眉者皆愁城太守何不計之壽千錢封人耳与目萬錢鬻人手与足終古無人請錢至太守豈非大快事